U0060888

Geronimo Stilton

奇鼠歷險記 大長篇 **1**

勇士回歸

新雅文化事業有限公司
www.sunya.com.hk

你準備好
展開夢想
的翅膀了嗎？

重歸夢想國

目錄

芙勒迪娜的宮殿

夢幻金鐘琴

黑暗精華

水晶棺

三個女巫的綠頭髮

石頭面具

糾纏難解之鏈

悲傷精華

請貼上你的照片。

我的名字是

一隻有點身不由己的小老鼠

親愛的鼠迷朋友們，我叫史提頓，**謝利連摩·史提頓**！

沒錯，就是我：你們傳說中住在妙鼠城上的忠實伙伴，的確是我！我經營着《**鼠民公報**》——老鼠島上最有名氣的報紙……

在你們這些**朋友們**面前，我可以坦白地承認：我是一隻有點身不由己的小老鼠！

我是一隻有點身不由己的小老鼠！

現在請允許我向你們解釋……

一隻有點身不由己的小老鼠

第三條

哦，閱讀的感覺真棒！

我是個**膽小鬼**，一點兒也不喜歡運動，更別提冒險了……

第四條

天啊，居然出現了一條龍！

然而……
我卻經常脫離現實生活，去經歷讓自己緊張得喘不過氣來的瘋狂冒險！

既然大家都了解我的個性，我就接下來描述自己的奇遇啦！說來話長，我是說，**一切**的一切，都要從一個愜意的下午說起。那時我正在家中研究烤**巧克力餅乾**的新配方。什麼？你們沒聽說過這種餅乾？這種餅乾很特別，裏面充滿了巧克力。它的味道很美味，體積足足是普通的餅乾三倍大哦！我正揉着巧克力麵團，這時不遠處的電話突然大響：

嘀鈴鈴嘀鈴鈴滴鈴鈴鈴鈴！

咕吱吱，哪位？

我頭頂廚師帽，身穿髒圍裙，手裏還提着個大木勺，狼狽地抓起電話聽筒，聽筒上立刻**黏滿**了巧克力。

「你好，這裏是史提頓家。我是謝利連摩·史提頓。咕吱吱，請問你是哪位？」

14

爺爺坦克鼠洪亮的大嗓門從聽筒那端傳來，「**孫子**！你可別忘了，今年你必須寫一部關於夢想國的傳奇大作……」

孫子！

我回答：「是的，爺爺，我當然記得。每年我都會為讀者們寫一部*傳奇作品*……」

爺爺的吼聲把我的耳膜都快震破了：「你這個不爭氣的孫子子子子！若是還像往年一樣，一年寫一本，你的日子豈不太舒服了？今年你必須完成一部**特別著作**：這本書必須超級刺激、超級神秘，同時超級幽默……總之，這本書必須成為傳奇中的傳奇！快去尋找創作靈感吧，明白嗎？我稍後再會給你打電話，監督你是否在努力創作！」

我忙不迭返回廚房，將巧克力餅乾送入焗爐，不久，一股誘鼠的**香氣**瀰漫開來。我脫下圍裙，將剛烤好放涼的餅乾端進客廳，放在壁爐前的邊桌上，隨後將寬大的毛毯裹在身上。

我爬上自己最愛的扶手椅。

哦，坐在壁爐前取暖多愜意啊！

但我歎了口氣：現在必須開始工作了。

以一千塊莫澤雷勒乳酪的名義發誓，我一定要完成爺爺下達的任務：書寫一本傳奇中的傳奇！

我掏出筆記本和鋼筆，開始寫寫畫畫，卻一點兒創作靈感也沒有，咕吱吱！

時間過得飛快，轉眼間夕陽西下，暮色籠罩了房間。我呆呆地凝視着壁爐裏的火苗，它急促地閃爍着，讓我覺得有些怪異。

火苗彷彿是一對在黑暗中閃爍的古怪大眼睛。

以一千塊莫澤雷勒乳酪的名義發誓，我總覺得一雙如火焰般明亮的大眼睛，正注視着我……注視着我……注視着我……注視着我……注視着我……注視着我……注視着我……

謝利連摩的
筆記本和鋼筆

突然間，我意識到這雙眼睛屬於某種奇特的生物——一隻火紅色羽毛的鳳凰！

火紅色羽毛的鳳凰

鳳凰躍出壁爐，掀起一團金燦燦的霧。

咕吱吱，鳳凰——如此神奇的生物，怎麼會突然出現在我的房間呢？

我揉揉眼睛，猛地**扯扯**自己的耳朵，讓自己清醒過來。**哎喲，痛死我了？**以一千塊莫澤雷勒乳酪的名義發誓，這麼說我並不是在做夢？

我很清醒，非常清醒，清醒得不能再清醒了！

我端詳着這隻鳳凰。她

哎喲！

咦？一隻鳳凰！

的喙是金色的，眼睛如**祖母綠**寶石般散發出神秘的光。最讓我驚歎的，是她的身軀布滿了**火焰**般閃耀的柔軟羽毛！

我伸出手爪，掠過羽毛。我的手掌感受到火焰的**光輝**……卻沒有火焰的灼熱感！

這並不是我第一次見到**鳳凰**。

在我第一次漫遊夢想國時，就曾有幸結識她……正是她幫助我逃離了女巫國皇后**斯蒂亞**的魔爪！哆哆哆，一提到斯蒂亞，我就害怕得從鼻子尖直抖到尾巴梢。

我結結巴巴地說：「下……下午好，我是說……晚上好……不對……夜裏好……總之……是什麼風把你吹到了老鼠島……妙鼠城……我家裏呢？」

鳳凰張開嘴，發出甜蜜的召喚道：「**正直無畏的騎士，你準備好開展一次新的神奇歷險了嗎？**」

我臉色發白地說：「呃，你的意思是……要去哪裏……我的意思是……那裏是否危險？儘管在夢想國，大家總是稱呼我為『正直無畏』的騎士，但事實上……

謝利連摩·史提頓　＝　正直無畏的騎士

「有幾次……我是説很多次……實際上……我總是……會感到**恐懼**，而且……」

鳳凰打斷了我的話：「你毋需告訴我太多細節，我只知道你必須馬上隨我出發！她就是這樣告訴我……命令我的，請你速速前去她的領地！」

「她……是誰？」

「她……正是她……**芙勒迪娜**殿下……仙女國皇后！」

　　我鼓起勇氣，對鳳凰說：「如果芙勒迪娜有求於我，我一定全力相助！**我已經準備好啦！**」

　　鳳凰讓我騎到她背上，高聲提醒我：「**正直無畏的騎士**，抓緊了，我們出發啦！」

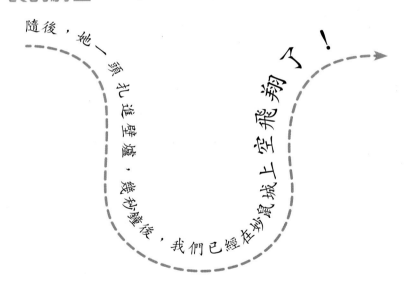

隨後，她一頭扎進壁爐，幾秒鐘後，我們已經在妙鼠城上空飛翔了！

重返夢想國

在妙鼠城上空飛翔時，我問鳳凰說：「請問可以回答我一個問題嗎？為什麼這一次芙勒迪娜沒有在我沉睡時召喚我，而是在我清醒時派你來接我呢？」

鳳凰微微一笑，道：「騎士，你不是第一次、第二次或第三次前來夢想國，你已經多次離開現實世界，進入夢想王國漫遊，現在你已成為了一位真正的夢想家。如今我們王國的邊界再也無法拘束你。因此，你很容易從壁爐的火苗中辨認出我的身影，並敞開心靈與我對話。而你的心靈，正是孕育夢想之地！」

鳳凰停頓了一會兒，對我說：「就是現在，騎士！你準備好重返夢想國了嗎？

「你知道你將面對的，是**最**困難、**最**神秘、

最刺激、**最**生動、**最**危險、**最**孤獨、**最**神奇的旅程嗎？」

我擔心地問：「為什麼這樣說？我究竟要面對什麼呢？」

鳳凰搖了搖頭：「請原諒我，我無法向你吐露這一個秘密，只有仙女國皇后才能具體解釋給你聽。」

她降低聲音，**神秘**兮兮地說道：「總之，騎士，如果我能給你什麼建議的話，就是**小心**為妙⋯⋯哎，夢想國如今變化很大，不過，這些變化並不都是朝着好的方向發展的。你必須做好心理準備。現在你明白了嗎？」

我還想追問更多，但突然天旋地轉，我們從天空俯衝下來，落進了星辰形成的巨大旋渦中。我發現自己置身於寂靜璀璨的**藍色星光**中。

這時，我才醒悟到：自己再一次來到了夢想國！

當我在星辰的旋渦中打轉時……

……鬱森中海

我有幾個問題一直在繞

即將面對的是什麼呢……

直……下桌圓圓圓

為什麼我

到我重望見了夢想國的土地！

明露莎，會發光的巨龍

　　我們終於進入夢想國的疆域，鳳凰撲扇了幾下翅膀，對我說：「騎士，恐怕我現在必須離開你了……某位我們共同的朋友，現在急需我的幫助！

　　他需要我身上的羽毛，來書寫一部極為重要的巨著……我會將你放在這片雲彩上，而某個神奇生物馬上會來接你，去與芙勒迪娜會合！」

　　我趕忙追問我們共同的那位朋友是誰，但她將我輕輕放在一片雲彩上，堅定地回答：「騎士，

請原諒我無法吐露更多。再見了，不要忘記我的忠告：**小心**為妙！」

　　隨後她飛上天空。我望着她在夜空中越來越小的身影，感激地揮手向她道別：「謝謝你，我的朋友！」

　　我坐在那片像棉花糖般柔軟的雲朵上，直到一條全身像**雪**一樣的巨龍向我飛來，兩隻**矢車菊**般的眼睛發出淡藍的光彩。

　　她的聲音甜如**蜂蜜**：「歡迎來到夢想國，騎士！快隨我來，芙勒迪娜殿下正等着你！」

　　我跨上她的背，一齊向仙女國**水晶宮**飛去。

她向我解釋說：「這次運送你的任務十分**圓滿**。你成功地從一個空間跨入另一個空間：從現實進入夢想！」

　　她補充道：「我認識你，你在夢想國十分出名。我還知道前幾次運送你的，是赫赫有名的**彩虹巨龍**！

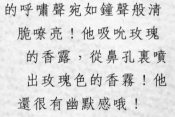

彩虹巨龍

　　他是仙女國皇后忠實的信使。他全身布滿閃閃發亮的金色鱗片，背上長着七種顏色的角！他的呼嘯聲宛如鐘聲般清脆嚓亮！他吸吮玫瑰的香露，從鼻孔裏噴出玫瑰色的香霧！他還很有幽默感哦！

「而這一次作為最高榮譽，龍族理事會決定派來接你的是我……

明露莎，會發光的龍……

「我來自銀龍國，曾經在巨龍錦標賽上旋風急降組取得第一名。現在由我來送你前往仙女們的魔力城，芙勒迪娜正在那裏等候。」

巨龍錦標賽

芙勒迪娜

仙女國皇后。她性格隨和，智慧過人，美麗非凡。她非常信任正直無畏的騎士！

37

魔力城

龍族着陸跑道

水晶宮宛如鑽石般璀璨透明，唯有住在其中的仙女才配得上它的美好。而這仙女就是芙勒迪娜——美人中的美人，萬民仰慕的仙女！

明露莎**全速**向水晶宮的宮頂飛去，那裏有一條長長的着陸跑道。跑道中央刻着用夢想語書寫的一行大字……

你能讀懂上面寫了什麼嗎？
請參照第585頁的夢想語詞典！

前方就是水晶宮！

　　一條身穿制服的小龍正在指揮降落，口中唸唸有詞：「這裏是控制塔，巨龍正在靠近中，準備着陸，降低飛行速度，對準跑道中央，注意不允許噴火，這是違反降落規定的！」

　　明露莎在空中盤旋數圈，做出讓我頭暈目眩的高難度特技動作，又猛地急轉彎，嚇得我差點背過氣去，她張開翅膀……終於在跑道中央着陸了！

什麼啊？是這裏，這裏，明白了嗎？

飛到這裏！

不對，這裏，這裏！

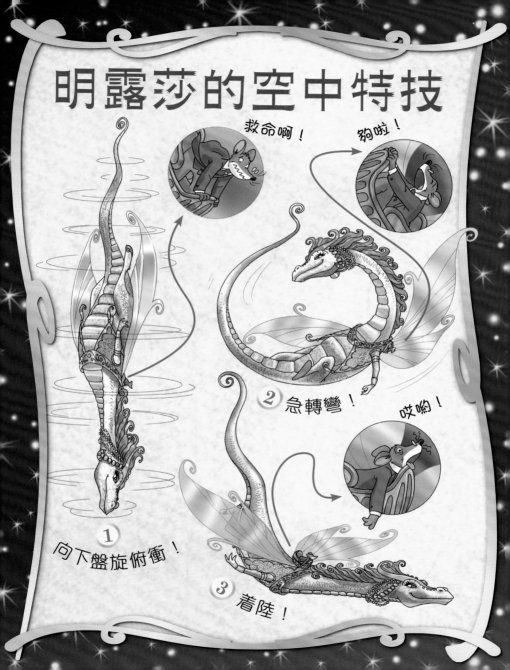

地面上所有的龍齊聲讚歎：

「哇，真是好樣的飛龍急降啊！」

明露莎撲閃撲閃翅膀，故作謙虛地說：「呵呵，小意思。我曾經在龍族飛行學院修煉過，並拜偉大的飛行員噴火爺為師呢。」

而我頭暈目眩，臉像**蜥蜴**一樣**綠**。我顫巍巍地下到地面，嘟囔道：「哎喲，看來我不僅怕水，而且還得了嚴重的『暈龍症』！」

哎喲！

仙女妮菲娜

　　一位身材瘦高、臉色蒼白的仙女朝我走來。她的頭髮如火一般紅。她長着尖鼻子，嘴巴宛如線一樣薄，眼裏透出不懷好意的神色。她揮舞着魔術棒：「還不快快向**仙女妮菲娜**敬禮，我就是新任仙女國皇后顧問！」

　　我跟隨她穿過長長的水晶宮走廊，我們一

巨人　　精靈　　獨角獸

仙女妮菲娜，新任顧問

　　她是仙女獅吼婆（她以無人能及的壞脾氣聞名）和魔法師抽風爺（他的魔法有時候管用，有時候不管用）的女兒。妮菲娜的性格素來不佳……為什麼芙勒迪娜會選她來擔任顧問呢？

　　步步走下**水晶**樓梯，穿過一座座**水晶**大廳，直到……我們來到了禮儀大廳，這裏擠滿了夢想國的各個族羣！

矮人　　　　　　**仙女**

這是芙勒迪娜的居所——
水晶宮殿的地圖
星塵磨製
工作室
一號門
二號門
三號門
十二道門長廊
國王羅博
皇后愛麗絲
仙女廚房
樓梯
芙勒迪娜皇后
禮儀大廳
前廳
芙勒迪娜
皇后
謝利連摩
·史提頓
仙女
妮菲娜
衣帽間
黑仙女
藍龍
魔法大廳
十二號門
十一號門
十號門
書房
賴嘰嘰
玫瑰種植
暖房
香水釀造室
黑暗塔騎士

彩虹巨龍

仙女圖書館

白玫瑰迷宮

花仙子大廳

小徑

敞開的門

皇室花園

仙女
音樂

樓梯

王寶座

大寶門

芙勒迪娜
書房

寄居蟹

銀龍火花

仙女顧問
書房

　　正如你們所觀察到的，水晶宮十分龐大。在宮殿正中央坐落着禮儀大廳，芙勒迪娜的寶座就位於這裏。大廳四周是一條12扇門的拱形廊。宮殿外被皇室花園與白玫瑰迷宮包圍。

臣民裏有一個大巨人（他孤零零站在皇宮外，因為他身材太**高**，無法鑽進來），還有花仙子、水孩子、水晶靈和其他一些古怪的仙獸（比如雙目如**炬**的蜥蜴怪，以及長有獅子軀體、鷹頭的獅鷲）。

一想到即將見到仙女國皇后，我的**心臟**就激動地狂跳個不停。

我熱切地踏上**玫瑰花**瓣鋪成的地毯……

親愛的皇后，
我為你而來！

　　而芙勒迪娜遠遠坐在大廳另一端寶座上召見我。

　　好奇怪！通常她都會起身迎接我的，現在她卻冷冷地坐着……

　　更奇怪的是，她居然一言不發，沉默地注視着我……

　　最最奇怪的是，記憶裏我所熟悉的甜美笑容，竟從她臉上完全消失了……

芙勒迪娜異樣的眼神

經過了讓大家奇怪的長久沉默，皇后用異樣的眼神望着我，喉嚨裏吐出古怪的聲音：「騎士，我命令你仔細聆聽我的話，不許插嘴！」

絕望　　邪惡　　長舌　　嫉妒

我心中湧起一陣莫名的焦慮和預感⋯⋯因為仙女國皇后從未命令過我！

　　　我注意到她身邊圍着奇特的侍女們，

　　她們戴着**紫色尖帽**，手中握着

黑色玫瑰。

　　她們就是**黑仙女**，古怪的

新任皇家宮廷成員！

憤恨　　　　**惡毒**　　　　**陰險**

皇后大聲宣布：「仙女國皇后的子民們，聽着聽着聽着！我——芙勒迪娜皇后，宣布將派遣騎士去尋找**夢幻金鐘琴**。它現在由居住在肥亞婆谷中的圓亞婆保管！」

　　眾臣民紛紛發出驚呼：「但這旅程**很危險！**」

　　「應該說是**非常危險！**」

　　「什麼啊，明明是**萬分兇險**，因為肥亞婆會將任何一個膽敢接近她的陌生客燒成灰！」

　　「即使他是正直無畏的騎士，也不可能活着回來！」

夢幻金鐘琴

58

「可憐的騎士！」

「我們需要為他選一副上好的**棺材**……再在

英雄墓地為他選一塊好地……上面豎一塊精緻的

墓碑……」

我的臉變得如莫澤雷勒乳酪一樣蒼白，牙齒害

怕得上下**打架**。

嗚嗚嗚……太可怕了！

正直無畏
騎士之墓

在出征
肥巫婆谷的行程中
失蹤（被巫婆的魔杖
擊中化成灰）

　　芙勒迪娜咆哮起來：「騎士，你膽敢抗旨嗎？」她的吼聲**迴盪**在寬廣的大廳裏，原本沸騰的臣民們頃刻間鴉雀無聲……

　　我困惑地說：「其實，我並沒說不行，我也沒說行。至少，如果陛下真的希望我去，那麼我會拼盡全力……以我小老鼠的名義發誓！」

　　我接着問：「對了，既然這次出征很危險，誰會擔任我的嚮導呢？」

　　芙勒迪娜答道：「沒有嚮導。」

我驚訝地問：「那麼，至少我能領一件**鎧甲**來自衛吧？」

沒有嚮導？

「沒有鎧甲。」

我擔憂地追問：「可是，至少也應給我一張地圖啊，否則我如何前往**肥巫婆**谷呢？」

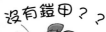
沒有鎧甲？？

皇后冷冷地回答：「沒有地圖。」

我試圖說服她：「陛下，我請求**明露莎**巨龍陪我前……」

沒有地圖？？？

她大聲打斷我：「這次就你

獨行！
獨行！
獨行！
獨行！」

她的喊聲在大廳裏久久迴盪。

我沉默地躬下腰，這樣大家就看不到我眼中滿含的**淚水**。

「遵命，我的皇后。如果陛下恩准，我請求停留片刻，為這次旅

哎！

小老鼠悲傷的淚水

61

程收拾行裝。」

芙勒迪娜立起身離開了，身後跟着一大羣**黑衣仙女**。這時，我留意到往日跟隨她的仙女都已不在了，此刻在她身邊的，全是一些眉目**邪惡**的陌生黑衣仙女……

大廳裏的民眾議論紛紛：「哎呀呀，可憐的騎士，你們都看到了，皇后對他多麼冷酷……」

嗚嗚嗚，自上一次分別以來，我的朋友芙勒迪娜變化居然這麼大！

但我並不在意。

她對我如此重要。

無論她要求我做什麼，我都會全力以赴。

你們都聽見了嗎？

皇后居然如此無禮！

天知道是怎麼回事……

睡蓮般的家

　　嗚嗚嗚，我沒有嚮導，沒有鎧甲，連張地圖都沒有。

　　不過，我突然靈光一閃：何不問問先前旅途中認識的那些朋友們呢。

　　我首先看到的老友是**寄居蟹**，他正悠閒地與親友在港口的岩石上曬日光浴。

　　他興奮地向我爬來：「你好啊，你這小子！什麼風把你吹過來了？！能和你這小子重逢，真讓我開心！」

所有騎士的朋友們

　　寄居蟹曾在騎士第七次漫遊夢想國時協助我，柏拉徒是我第一次漫遊夢想國時結識的矮人，變色龍膿包是我第二次漫遊夢想國時的嚮導，大百科全書第一冊以及會說話的鵝毛筆薇迪亞，是我第五次與第六次旅行時結識的朋友！

　　隨後他向我低聲耳語：「小子，你這可憐的傢伙，皇后**嚴格**禁止我陪你爬行，也就是陪你同行……不過，為了慶祝老友間的友情，也就是我深厚的情誼，我要送給你一樣東西，你准會用得到它！」

　　不一會兒，他從殼裏鑽出來，遞給我一枚……指南針！

指南針

　　然後，我又拜訪了其他老朋友，他們也無法陪我前往，但大家都以各種方式幫助我。變色龍膿包送給我幾顆**糖果**、矮人柏拉徒贈給我**一瓶山梅汁**、大百科全書第一冊送給我**一卷羊皮卷**，鵝毛筆薇迪亞則遞給我**一小瓶墨水**。

膿包，你能陪我……

柏拉徒，也許你可以……

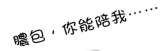

① 騎士，很抱歉，可皇后嚴禁我陪你同行！

② 騎士，很抱歉，可皇后嚴禁我陪你同行！

我最後要拜訪的老朋友，就是引領我第一次漫遊夢想國的**癩蛤蟆賴嘰嘰**。

他住在泥濘區睡蓮街3號。

他的房屋形狀宛如一朵**睡蓮**，周圍環繞着一片**池塘**。我按了按門鈴，那門鈴發出一聲蛤蟆般的脆鳴：

哇呱呱呱呱呱呱呱呱呱呱呱呱呱呱呱！

大百科全書第一冊，或許你⋯⋯

薇迪亞，難道你也⋯⋯

③

④

騎士，很抱歉，可皇后嚴禁我陪你同行！

騎士，很抱歉，可皇后嚴禁我陪你同行！

門開了，露出老友賴嘰嘰的臉！

我**滿臉通紅**地問他：「你好啊，賴嘰嘰！最近還好嗎？我前來是想問問你，芙勒迪娜派我出發前往新的征途，你願意幫助我嗎？」

賴嘰嘰做了個**鬼臉**：「騎士，我願意助你一臂之力！不過快快進來說話，我可不想被盯梢！」

我鑽進他家中，只見房間內的一切擺設，都是

賴嘰嘰的家
魔力城（夢想國境內）
泥濘區
睡蓮街3號

以癩蛤蟆的尺寸
為標準……賴嘰
嘰的牀是一片圓
圓的睡蓮葉，
牆上掛着許多
賴嘰嘰祖先的
肖像畫，全都長
着綠油油的**蛤蟆**

賴嘰嘰的牀

臉，我甚至還找到了賴嘰嘰的**祖母**——賴咕咕的
肖像！

　　賴嘰嘰緊緊擁抱住我說：「正
直無畏的騎士，我們有多久……
多久沒有相聚了……看到你我太
激動啦！」

　　隨後他拉開食品櫃。

賴嘰嘰的祖母賴咕咕

「首先，嘗嘗我家特色的 蛤蟆點心 吧！騎士，快吃點美味蒼蠅小蛋糕吧，還有蒼蠅幼蟲製成的肉餡餅，以及睡蓮種子榨成的美味果汁！」

「哦，真的謝謝你，可我沒有胃口。」

賴嘰嘰舔舔嘴唇：「那我就不客氣了，這些可是天下至高無上的美味哦！呱呱呱！」

我向賴嘰嘰解釋說我即將受命出發，前往尋找夢幻金鐘琴。

他嚷嚷着：「以一千條蝌蚪的名義，要是我能陪你同去該多好！可皇后卻嚴禁我隨你同行！」

他搖晃着大腦袋：「唔，不過你的老友賴嘰嘰，會幫你解決這個難題的。我知道如何做才能

保你活着歸來！如果皇后規定不許『某個誰』陪你同去，那麼至少⋯⋯我會讓『某樣東西』陪你同去！」

他掏出一本封面十分精美的書，對我擠擠眼睛：「騎士，你還記得嗎？在第一次漫遊夢想國時，我曾對你說過，希望自己日後能完成一本**大著作**？哇呱呱，這本書我已經完成了，而且它定能助你一臂之力。我將此書命名為⋯⋯

《夢想國旅行指南》！

沼澤泥浴鹽

蛤蟆圖書閣

水晶瀑布浴池

睡蓮牀

沼澤植物果汁

美

神秘的火紅羽毛

　　突然，賴嘰嘰一躍而起，敲敲臥室門，大聲招呼：「親愛的，快出來，有個驚喜送給你——正直無畏的騎士來了！」門打開了，一位*儀態萬千*的年輕蛤蟆小姐從裏面走出來，她身上的皮膚綠瑩瑩

賴嘰嘰和他的女兒賴芭芭，
實際上是……

的，長長的睫毛一閃一閃。

她身上穿着紅色絲綢做的外套，上面滿是刺繡，點綴着一排黃金紐扣。

她向我微微一笑：「我認得你，騎士。你可認得我？」

我親了親她的手蹼：「呃，這位小姐，恐怕我們從未見過面。」

賴嘰嘰嘎嘎大笑地說：「你不久前剛剛見過她啊，只不過是見到她的另一面……」

隨後，他遞給我一根火紅色的羽毛：「這能幫助你回憶起來吧？」

我高聲叫起來：「這羽毛，分明來自……

火鳳凰身上啊！

鳳凰的羽毛

　　蛤蟆小姐轉起圈來，嘴裏哼唱道：「我的心會告訴我……變成鳳凰的時刻！」

　　轉眼間，她在我眼皮下變成了亮麗的鳳凰！

我的心會告訴我……變成鳳凰的時刻！

賴芭芭的秘密

　　賴嘰嘰的女兒賴芭芭，是一位不折不扣的蛤蟆小姐……但她同時擁有變身鳳凰的能力！正直無畏的勇士在第一次漫遊夢想國時曾遇見她，並通過她的幫助，逃離了女巫斯蒂亞的魔掌。

　　鳳凰是一種神秘的鳥，長着火紅的羽毛，燦爛的尾巴和金色的喙。鳳凰象徵着不朽，因為她們永遠不會死亡：每隔五百年，鳳凰就會投入熊熊烈火自焚一次，再從灰燼中浴火重生！

鳳凰會採集芳香植物的樹枝和香草築成巢穴！

鳳凰以香料和香灰為食物。

鳳凰的歌聲十分甜美。

《夢想國旅行指南》是利用鳳凰的羽毛書寫而成！

這本指南涵蓋了夢想國的所有神秘之地！

這本指南的紙張十分特別！

賴嘰嘰高舉這本書，對我說：「現在你明白了嗎，騎士？正是我的女兒賴芭芭——也就是鳳凰，她隨時為我做資料記錄，好讓我能完成自己的著作……一本心血之作！這些年來，我女兒的飛行足跡遍布夢想國的每個角落。多虧了她詳細的記錄，我才能夠在本書中如此詳盡地介紹如何抵達那些與世隔絕的**神秘之地**。」

他愛惜地撫摸着書的封面：「我用鳳凰羽毛製成的鵝毛筆所寫出的字跡，會散發出**火焰**般的光輝！」

他隨後補充道：「而書的紙張更加特別呢。因為這些紙張是用我女兒特地從遙遠的**花語國**空運

回來的花瓣製成的。」

　　他激動地遞給我這本書：「帶上這本**指南**吧，騎士。它會在關鍵時刻救你一命。不過，請你一定要愛惜它！因為全世界僅此一冊！」

吱吱吱，這本指南真的好神奇啊！

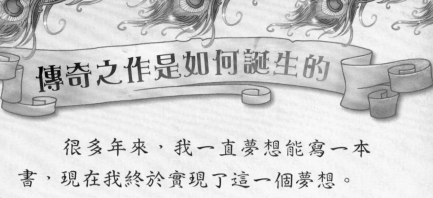

傳奇之作是如何誕生的

　　很多年來，我一直夢想能寫一本書，現在我終於實現了這一個夢想。

　　我日夜工作、整理資料、繪製地圖，是希望給在夢想國內旅行的朋友整理信息！

夢想國旅行指南

我的女兒向我描述了她擔任女巫斯蒂亞坐騎期間去過的神秘之地。

我的女兒為我從花語國運來了許多花瓣。

敢於實現了夢想，成為一位作家蛙！

我的女兒將身上的一根羽毛送給我，用它寫出的字跡散發出火焰般的光芒！

黑暗小巷

接着，賴嘰嘰嘀咕着説：「**騎士**，在踏上征途前，你還需要好些東西，而我知道該去哪裏找到它們。」

他神秘地湊到我耳邊説：「我姑姑賴哈哈的水管工的理髮師的女朋友的曾祖父的太太的表姐的姪子的丈夫的嬸嬸的哥哥的表兄，曾向我提到過一間名叫『偷盜鼠之家』的店舖，這舖子在魔力城郊外的黑暗小巷內！」

我倆披上斗篷，匆匆步入漆黑的夜色中，徑直向**黑暗小巷**走去……

我向四周張望……哆哆哆，這是什麼鬼地方！

我恐懼得連鬍鬚都豎了起來！

一羣羣露出邪惡目光的狼

貪婪地嗅着我……

一羣羣毛色濃密的狐狸

懷疑地盯着我……

一隊隊貓頭鷹

發出低沉的嘀咕聲，讓我毛骨悚然……

還有販賣毒蘑菇的**矮人**……

以及**長相酷似女巫的仙女**，

在小巷中無聲地穿梭……

還有**鬼鬼祟祟的蝙蝠**，

向路過的人擺出鬼臉……

還有發出

可怕嚎叫的狼人……

以及進行決鬥的

幽靈騎士……

我嘟囔着問：「賴……賴嘰嘰，還要走多……多久，我們才能到那個舖……舖子？」

　　賴嘰嘰向右轉，接着向左轉，隨後一直走到底，他帶着勝利的口吻示意我：「到啦！」

　　在我們面前的玻璃櫥窗上，掛着一塊招牌，上面刻着幾個字：

偷盜鼠之家

　　賴嘰嘰推了我一把。我硬着頭皮走進去，心臟

怦怦直跳……
　　怦怦直跳……
　　　怦怦直跳……
　　　　怦怦直跳……
　　　　　怦怦直跳……
　　　　　　怦怦直跳……

偷盜鼠之家

店舖內一片昏暗，到處散放着一堆堆古老、十分古老、非常古老的物品。

我看到了很多年代久遠已經泛黃的羊皮卷、藏有**小帆船**的漂流瓶、擠壓變形的銀花瓶、破裂的盤子、沒有框架的畫，還有長滿**跳蚤的假髮**，有蛀洞的衣服，還有布滿霉斑的木箱。

一位身材乾瘦矮小的小老鼠向我們走過來。他的皮毛是棕色的。

右臉頰上有一條**大疤痕**，一隻眼上蒙着塊

黑布……

他穿着一件水手外套，上面鑲着金邊，裏面配搭一件繡滿花邊的襯衫。那襯衫本應是純白的，如今卻布滿了斑點……他一定就是**偷盜鼠**！

他嘟囔着説：「歡迎來到我的店舖，您是……哪……哪位……???」

偷盜鼠

據説一直以來，有一位海盜駕駛着幽靈船四處飄蕩。他就是黑暗小巷內「偷盜鼠之家」的店主。這間店舖專門出售稀奇古怪的東西，許多甚至是難得一見的孤品……

如果你在尋找什麼稀世罕見的東西，就來這兒試試吧！

答案在本書第586頁。

賴嘰嘰將一大把金幣撒在櫃枱上：「**偷盜鼠**，我們來這兒是要執行一個秘密任務，因此身分保密，明白嗎？」

　　偷盜鼠趕忙將金幣攬到懷中：「當然了！這位先生，我該怎樣為您效勞呢？」

　　賴嘰嘰得意地指揮起來：「首先嘛，這位**鼠先生**需要一副鎧甲！」

　　偷盜鼠將我們帶進一間密室，並向我們展示了一副金光燦燦的**鎧甲**。它看上去挺氣派，其實是外面刷層金漆的廉價貨！

　　賴嘰嘰失望地抱怨：「哼，我們還以為有什麼更好的呢！」

　　偷盜鼠搖搖頭：「就憑這點錢，蛤蟆先生，你還能指望什麼？」

　　賴嘰嘰歎了口氣：「好吧，不過我還需要一個**保鑣**，來護送這位鼠先生到肥巫婆谷。」

偷盜鼠好奇地叫起來：「那麼……也就是說……也許……你的這位朋友……正是……皇后欽點的……騎士？」

他擠擠眼睛：「啊哈哈，現在我明白為什麼你故作神秘了，你這狡猾的蛤蟆先生！我這裏正好有你需要的保鏢。」

他向舖子裏間大聲招呼：「卡卜羅，快到這兒來！快點兒，你這個大笨蛋，速速過來！」

一隻又肥又大的鼠從裏間鑽出來，脖子上掛着副望遠鏡。他口中津津有味地嚼着顆，口袋裏也裝滿了糖，甚至一隻耳朵後還夾着塊糖！

他一頭撞到門框上：「哎喲！」

偷盜鼠呵斥他：「大笨蛋，你把門都撞壞了，害得我又要去修補。你知道這要花掉我多少錢嗎？」

偷盜鼠轉向我們說：「先生們，請允許我介紹給你們一個大笨……我是說，我的姪子卡卜羅。

「他將擔任這位鼠先生的保鏢，護送他一直到肥巫婆谷。」

卡卜羅大聲抗議說：「什麼？什麼嘛？我？肥巫婆谷？哦，叔叔，這也**太危險**啦！」

偷盜鼠呵斥他：「閉嘴，大笨蛋！叫你去你就去！」

卡卜羅上下打量我的身材，評論說：「哦，需要我擔任保鏢的，就是這位小老鼠？我感覺他弱不禁風嘛……」

偷盜鼠向他使使眼色：「大笨蛋，這位鼠先生當然弱不禁風，否則旁邊的

偷盜鼠家族的卡卜羅

他個頭像大衣櫃一樣高，全身都是肌肉。可他又懶又饞，貪吃糖果。他平時在叔叔偷盜鼠的店舖裏打工。

哇噹

哇噹

哇噹

蛤蟆先生為何要出錢找保鏢呢？」

偷盜鼠幫我穿上鎧甲：「別擔心，鼠先生。卡卜羅肯定能把你帶回來，不管你是死是活！」

聽了他這番話，我害怕得膝蓋都軟了，全身**顫抖**，抖得連鎧甲都快散架了。我小聲嘟囔：「呃，如果可以的話，我希望是活的。」

偷盜鼠安慰我：「當然了，活的。如果他真能做到的話。不然，我店舖裏還出售一款造型巧奪天工的**棺材**，上有精美的黃銅手柄，配上紫色絲綢……」

我趕忙回答：「呃……多謝了。不過，這款產品你還是留着吧，我不需要」（呃，……或者說暫時不需要！）

蛤蟆的眼淚

我們正準備離開，偷盜鼠攔住我們：「蛤蟆先生，你該不會就這麼走了吧，你給我的那點錢，根本不夠付賬！」

賴嘰嘰抗議道：「我把身上所有的金幣都給你了，這可是我一輩子的積蓄啊！」

偷盜鼠注視着他的眼睛：「唔，你若把身上這件鑲滿金紐扣的氣派外套脫下來給我，就當作你結清賬款！」

　　賴嘰嘰的眼睛裏盈滿淚水。他脱下外套，**歎息**着説：「這件外套從祖上傳到我這兒，已經七代了。如果你需要，騎士，我願意用它來抵債。」

　　癩蛤蟆硬撐着鼓勵我：「我的朋友，一切都會好的（*但願如此！*），你會活着歸來（*或者躺着回來！*），總之你一定不辱使命（*天知道呢！*），最可怕的也不過可能膝蓋折了，胳膊廢了，耳朵聾了，鬍子沒了，**尾巴斷了**，或……」

把你的外套給我，蛤蟆先生！

可是……

他激動地給我一個大擁抱：「騎士，我能為你做的，都已經做了，現在就看你的啦！」

　　我也緊緊地抱住他：「賴嘰嘰，你是我真正的朋友！對於你的外套，我⋯⋯我很抱歉！」

　　賴嘰嘰涕淚縱橫：「哇⋯⋯哇，那外套可是我曾-曾-曾-曾祖父傳下來的。紅色的絲綢原料從遙遠的紅桑蠶島上運來，然後由家族中技術熟練的紡織蛙編成綢布，再由我家族的御用裁縫

巧手蛙以金剪刀和金線，一針一線地縫製出來⋯⋯算了，這些都不重要，誰讓你是我的*朋友*呢，真正的*友情*是無價的！」

　　我目送着賴嘰嘰的身影消失

巧手蛙

在**夜色**裏，而我自己與卡卜羅則踏上了尋找夢幻金鐘琴的旅程。

前方等待着我的，是漫長又危險的旅途。此刻**夜風呼嘯**，我心中充滿**恐懼**！

然而，好友為我所作出的巨大犧牲，溫暖了我的**心**……

想到世間仍有期盼我歸來的朋友，我感到莫大的幸福！

真正的友情，能夠溫暖心靈！

夢幻
金鐘琴

神秘之地的地圖

　　我翻閱賴嘰嘰編寫的指南，發現了許多關於夢想國神秘之地的介紹。比如……

　　肥巫婆谷，貪婪的食肉巫婆就居住在這兒！

　　蝙蝠灘，氣味難聞的蝙蝠們就居住在這兒！

　　吸血郡，聚集了眾多可怕吸血鬼的領地！

　　巫婆林，三位綠頭髮的女巫就藏身在這片陰森的沼澤林中！

　　深水堡，這座城堡藏於水下，裏面居住着大名鼎鼎的魔術師拉庫斯！

　　巨峯山，這裏生活着身材高大的龍人，也就是龍巨人！

　　思鄉村，無論誰抵達此地，都會變得十分憂傷！

賴嘰嘰說得對，這本書蘊藏着許許多多有用的信息！

　　我甚至還找到了一張大大的地圖，上面標出了所有神秘之地的地理位置……一看到肥巫婆的領地

——**肥巫婆谷**，我就渾身不由自主直打顫！

這本書太寶貴了！

103

夢想國地圖

謎之淵

夢之海

夢之堡

精靈國

羅夢國

火龍國

仙女國

6

人魚海

4

5

1

7

食肉魔部落

藍色獨角獸

女巫國

領地

陸生國

玩具國

甜品國

怪物國

夢想國的地圖可以隨時變化，因為夢想國的疆土無邊無界。這張地圖中特別標出了那些與世隔絕的神秘之地的位置！

向肥巫婆谷進發

　　我步伐艱難，因為身上的鎧甲太**沉重**了：呼哧，呼哧，呼哧！

　　這一身老舊的鎧甲不斷發出摩擦聲：嚓，嚓，嚓！

　　鎧甲的各個部件也搖搖晃晃：叮鈴、噹嘟、哐噹！

咕吱吱！

哎喲！

啊？！

1

2

我摔倒了……

我一頭栽到卡卜羅身上……

我不小心撞到了卡卜羅，他一頭栽倒在地上，**尖叫**起來：「你這傢伙，害我扭到腳踝了，現在我沒法走路了，該怎麼辦啊？」

　　我趕忙安慰他：「別擔心，我這就來幫你！」我從周圍收集了一些細樹枝，將它們交叉編成一個**單輪手推車**，隨後讓卡卜羅坐在上面，我自己在他身後推着車走。

　　現在我用的力氣是正常的**兩倍**，因為我還要推着笨重如山的卡卜羅！

③ 嗚哇哇哇！　　呼呼呼！　　都是你的錯！

卡卜羅栽倒在地上……　　……我只好推着他前進 ④

獵物陷阱

讓鼠迷惑的岔道口

謊言泉

肚痛樹

肥巫婆谷周圍布滿了**陷阱**……

1) 我們栽進了一個獵物陷阱——細小的樹枝放在陷阱口上做掩飾！

2) 我們走到了一個讓鼠迷惑的岔道口，路標上面同時標着「**向右走**」與「**向左走**」。可我們發現兩條路其實通往同一個目的地！

3) 我們來到了「謊言泉」，上面刻着一行字：「純天然泉水，你可聞到特別的芬芳！」我舀起泉水喝下去，才發現其實是**大蒜水**！

4) 我們走到了「肚痛樹」下，摘下一顆果實品嘗……哎喲哎喲，結果肚子都疼到不得了！我們命真苦！我們的命太苦了！

5) 我們撿到了一瓶香水，上面印着一行字：「芬芳香水，可使您通體芬芳」。嗚嗚，可我往身上一噴，立刻被刺鼻的**臭味**包圍啦！

6) 我們穿過了「傷疤林」……哎喲喲，我們被扎得遍體鱗傷，因為林子裏全是帶刺的荊棘！

7) 最後，我們在地面上發現了一個機關，上面刻着「驚喜閘」幾個字。卡卜羅沒能忍住好奇心，伸出手爪按下閘門。我的天哪，**一堆亂石**頓時向我們砸來，果然是個「驚喜」啊！

終於，一座餅乾堆成的堡壘映入我們眼簾，這不正是餅乾婆的住所**肥巫婆堡**嗎？我趕忙翻開《夢想國旅行指南》，來進一步了解它的構造。

芬芳香水

傷疤林

驚喜閘

餅乾婆

　　她是肥巫婆們的首領。她十分貪吃，而且常常虐待手下的廚師。（據說如果哪位廚師沒有烤出符合她口味的餅乾，就會被她化為灰燼！）

　　餅乾婆有些神經質，因為她常常失眠。為了能夠夜間入睡，她必須每晚聆聽夢幻金鐘琴的演奏，那悦耳的音符會助她進入沉沉的夢鄉！

哇……多麼濃郁的
餅乾香氣啊！

　　餅乾婆在對廚師施法術時，常常使用一根造型奇特的魔術棒──「叉燒棒」，這根魔術棒一端為叉子形，而另一端為勺子形。

肥巫婆們

　　與騎掃帚飛行的女巫不同，肥巫婆們往往騎在廚用刀叉上飛舞。她們的刀叉還可充當魔術棒。魔術棒指向哪裏，哪裏的敵人就化為灰燼！

門衛巫婆

廚師巫婆

理髮巫婆

洗碗巫婆

裁縫巫婆

園丁巫婆

會計巫婆

由餅乾搭成的⋯⋯城堡！

我們終於抵達了肥巫婆堡，整座建築由餅乾牆搭建而成。城堡大門上懸掛着肥巫婆族的紋章，以及她們的格言：「人人吃我，我吃人人！」下面掛着幾塊**恐嚇性**的木牌子：

滾遠點兒！

誰敢踏進一步，立刻叫你成灰！

走開！

只准廚師進來！

生人勿近！

我問嚮導：「我說卡卜羅，我們進去吧？」

　　可他渾身**發抖**，嘟囔着：「哦，不！我只負責擔任護送你到城堡前的嚮導。現在我的任務已經完成了！」

　　我歎了口氣：「好吧，那我只好自己進去了……」

人人吃我，
我吃人人！

　　我將手推車隱藏在灌木叢後，隨後渾身顫抖地向大門走去……

咕吱吱，我到底該如何混進去呢？

　　恰好在這個時候，大門突然開了……

由餅乾搭成的 ……城堡！

一個女巫衛兵將一個廚娘打扮的隨從推出城堡，嘴裏叫嚷着：「快走開，你這個**垃圾廚子！**」

廚娘嘟囔着：「哼，餅乾婆一定會**後悔**的！誰願意整天呆在這座破城堡裏，為一羣神經質的巫婆烤餅乾呢？」

那廚娘氣呼呼地將勺子、叉子、擀麵杖丟了一地，聲嘶力竭地抱怨：「我倒要看看餅乾婆能不能自己烤出**餅乾！**」

隨後，她脫下圍裙，摘下廚師帽，頭也不回地離開了。

女巫衛兵在她身後**叫罵**：「你這個下等廚子，到別處去混飯吃吧！」

大門剛剛關上，我趕忙竄出來，將圍裙和廚師帽撿了起來。

你能找出
勺子、叉子和擀麵杖
在哪兒嗎？

滾開！

滾開！

生人勿近！

滾遠點！

禁止進入！

人人吃我，
我吃人人！

你們會後悔的！

答案請見第586頁。

稻草

我腦中靈光一閃，何不自己扮成廚娘呢！不過，我必須先喬裝打扮，否則巫婆們⋯⋯

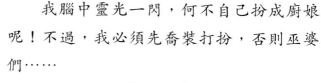

會把我化成 **灰燼！**

廚師帽和圍裙

於是，我先從路邊拾了些稻草，給自己編織了一頂 **亂蓬蓬** 的假髮。

我將草塞進自己的衣服裏，將衣服充成圓滾的線條，看起來更像個「胖乎乎」的廚娘。

燒焦的木頭及桑葚果

我戴上廚師帽，再穿上圍裙，又從路邊一截燒焦的木頭上劃了點木炭，用它給自己畫上兩道 **眼影**，隨後用桑葚果塗塗嘴唇，讓唇色更加紅潤⋯⋯

現在我看上去像個廚娘啦！

小心伺候，
否則我就把你燒成灰！

我鼓起勇氣，敲敲城堡的門。

咚咚咚！

一聲大吼從門後傳來：「是誰？誰在敲門？誰在搗亂？」

我試着發出尖細的聲音說：「我是**女巫謝利嬤嬤**，我是一名廚娘……」

我剛吐露廚師的身分，城堡的門就彈開了。女巫衛兵的腦袋從門後探了出來。

「什麼？難道是我的耳朵聽錯了？居然來了一位女巫廚娘？快進來，這位姐妹，我親自陪你去見餅乾婆。不過，你可要小心點兒，她今天比往日更暴躁！」

我努力擠出一絲微笑，但全身緊張得**直發抖**！現在我置身於陰暗的女巫城堡中，那些可

119

怕的巫婆只要伸伸手指，就能將我化成灰燼……

吱吱吱！

我們穿過貓肚子一樣黑的走廊，直到我望見了 **餅乾婆** 的臉！

餅乾婆的臉如同南瓜一樣圓，她手上焦躁地揮舞着一根造型奇異的魔術棒——「叉燒棒」，這根魔術棒一端為叉子形，而另一端為勺子形。如果誰惹怒了她，她就用這根魔術棒將其化成 **灰燼！**

餅乾婆殿下，我聽候您的吩咐！

小心伺候，否則我就把你燒成灰！

叉燒棒
餅乾婆御用的魔術棒！

餅乾婆蓬亂的黃頭髮上扣着一頂尖尖的高帽。她張開嘴，露出一口**蛀牙**。（這就是吃甜食太多又不刷牙的結果！）

她身穿一件黑色長袍，上面沾滿了巧克力醬的**斑點**。

餅乾婆狐疑地問我：「聽着，老實交代，你會烤**餅乾**嗎？」

我趕忙回答：「哦，我當然會啦。」

她貪婪地舔舔嘴唇：「那還不快到廚房去，謝利嬤嬤！要是你做的餅乾不合我胃口，我就用魔術棒把你燒成灰！」

哼！

叉燒棒

夢幻金鐘琴

　　它通體由黃金上釉，上面鑲嵌着一顆碩大的珍珠、一顆藍寶石和一枚祖母綠。它會奏出悅耳的旋律，幫助聽者進入甜蜜的夢鄉。傳說這枚金鐘琴是首飾巨匠瞌睡大師的傑作！瞌睡大師本是為自己打造這枚夢幻金鐘琴的，因為他平日飽受失眠之苦。可他剛剛完工，餅乾婆就將夢幻金鐘琴搶來佔為己有，從此將這寶物藏在肥巫婆堡中。

若想要夢幻金鐘琴奏出旋律，只需要拉一下連接祖母綠寶石一端的紅色錦緞，金鐘琴就會發出甜蜜的音色，讓你昏昏欲睡！

我顫抖地鞠躬說：「餅乾婆殿下，我願聽從您的吩咐！」

　　就在這時，我瞥見她的脖子上掛着一條金鏈子，上面吊着一枚鑲有璀璨寶石的吊墜……

　　這不正是賴嘰嘰的《夢想國旅行指南》中向我描述的，也是我一直追尋的寶物夢幻金鐘琴嗎？

　　我正目瞪口呆地立着，餅乾婆已經離開了，身後跟着一大羣侍女。（都如她一般肥壯暴戾！）

　　我四處張望尋找廚房的位置，但是肥巫婆堡如此空曠，我頓時迷失在餅乾隔成的一道道長廊迷宮中。

　　我在這些錯綜複雜的長廊中摸索，最終總算走到肥巫婆堡的廚房。

入口

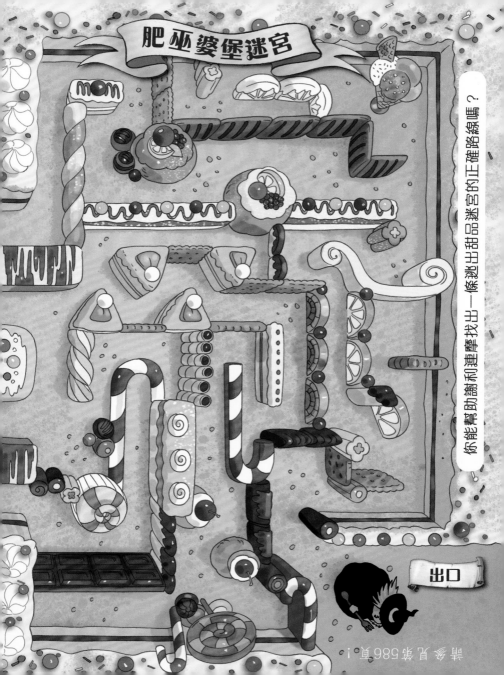

肥巫婆堡迷宮

你能幫助謝利和連摩找出一條逃出甜品迷宮的正確路線嗎？

出口

餅乾的⋯⋯配方！

我趕忙開始烘烤：「哎呀呀，現在我可慘了。如果餅乾婆不喜歡我的餅乾，她就會把我燒成灰！」

我努力回憶着在家中焗餅乾的配方，就是我最喜歡的 巧 克 力 口 味 餅 乾 食譜！呃，我究竟應該放100克糖，還是200克糖呢？巧克力是搭配葡萄乳酪混合酒還是牛奶呢？最後需要在焗爐中烤多久才出爐呢？

我一整天都在不斷地實驗着，直到夜幕降臨，餅乾終於出爐了⋯⋯

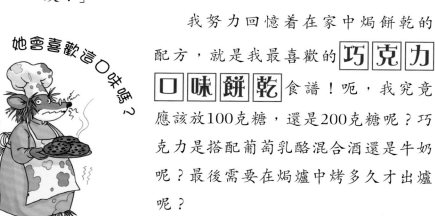

她會喜歡這口味嗎？

咕吱吱，好害怕！

1

我不記得餅乾的配方了，只好一整天在反覆實驗……

直到夜幕降臨，餅乾終於出爐了……

2

餅乾的食譜

小朋友可以找一位家長來幫忙！

材料

一枚雞蛋，75克白糖，100克蔗糖，一小袋香草糖，一撮鹽，100克軟化的牛油，225克麵粉過篩備用，一小袋酵母粉，150克融化的巧克力和適量巧克力粒。

1. 將牛油與白糖和蔗糖混合，隨後加入香草糖，攪拌均勻。接着，加入蛋液和鹽，攪拌成均勻的奶油糊狀。最後加入麵粉和巧克力粒，上下拌勻成一個麵團。

2. 將麵團擀壓成長條形，裹上保鮮膜，隨後放在冰箱裹冷藏至少2小時。

3. 將麵團取出後擀成1厘米的厚片，揉圓按扁，均勻擺放在焗盤上，餅乾間需預留一定的距離。

4. 將焗盤放入焗爐，以180-200度高溫烘烤10分鐘左右出爐。

金鐘琴的秘密

　　餅乾婆聞聞餅乾的香味兒，嘴裏嘀咕着：「嘖⋯⋯」

　　隨後她將一塊餅乾塞進嘴裏，發出更響的聲音：「嘖嘖⋯⋯嘖嘖」

　　她一口氣將餅乾吞下肚，激動地發出響聲：

「嘖嘖嘖⋯⋯嘖嘖嘖嘖嘖嘖嘖嘖」

這就是餅乾！

太好吃了！

　　突然間，她的胖臉發出滿月般的光彩，高聲尖叫起來：

「太好吃了！」

　　我總算鬆了一口氣：「咕吱吱⋯⋯」

餅乾婆誇獎我說：「謝利嬤嬤，你的餅乾味道真棒！為了獎勵你，我賞你一顆**女巫糖**，在我們巫婆部落，這顆糖可以當錢用。」

她拍拍圓肚皮，打着哈欠走了。

我一直等到所有的女巫都睡了，就不顧疼痛抓住帶刺的**荊棘藤**攀向屋頂，餅乾婆的臥室就在不遠處。

我從一根粗大的荊棘藤攀附到另一根荊棘藤，

女巫糖

這種糖是利用333種材料調製而成，包括香草、茴香、薄荷、接骨木、茴芹、錦葵、藍桉、百里香、生薑、大黃、刺槐、蜂蜜以及其他成分……

直到靠近餅乾婆的卧室 窗外 ……

　　我瞥見餅乾婆剛剛鑽進睡毯裏。

　　她拿出夢幻金鐘琴，扯了扯連接
祖母綠寶石的絲帶……金鐘琴立刻
奏起悅耳的 音樂！

　　餅乾婆心滿意足地打着呵
欠：「多虧了這枚金鐘琴，我
才能睡得香甜。」

　　她將夢幻金鐘琴擱在牀頭櫃
上，開始起打呼嚕來：

「呼呼呼呼！」
「呼呼呼呼！」
「呼呼呼呼！」
「呼呼呼呼！」
「呼呼呼呼！」
「呼呼呼呼！」

此時正是拿走金鐘琴的最佳時機！

我摘下廚師帽，堵住耳朵孔，以防金鐘琴發出的音樂鑽進我的耳朵，使自己打瞌睡。

然後悄悄拉開窗戶，彎腰鑽進房間。我無聲無息地接近女巫的牀頭櫃，將手爪伸向金鐘琴……將它握在手中……女巫仍在呼呼大睡！

我將金鐘琴緊緊握在掌心，躡手躡腳地向窗台溜去。但恰恰在這時，我的腳爪被地毯拌了一下，結結實實地摔了個鼠啃泥，甚至嗑到門牙！巨大的響聲驚動了餅乾婆：

「來人啊！快來人啊！誰偷了我的金鐘琴……快把那傢伙五花大綁，我要把他燉成濃湯，還要用勺子拍扁他，用力又又住他，……」

1 我終於找到了！

我躡手躡腳地向窗台溜去

但恰恰在這時，我的腳爪被地毯拌了一下。

2 哎喲！

3 看我不逮住你！

餅乾婆驚醒了，她將身邊所有的東西一股腦朝我扔來……

我趕忙跳出窗外，攀住荊棘藤，但女巫一把剪斷了藤條！

4 我剪！

哇啊！

隨後，她一手抓起身邊所有能觸 及的東西，從睡袍到夜壺，一股腦 朝我扔來……

餅乾婆的夜壺

我趕忙跳出窗外，攀住荊棘藤向下滑去……

這時，女巫一把剪斷了藤條！我筆直地向下墜落……

墜落……

墜落……

墜落……

墜落……

墜落……

墜落……

墜落……

墜落……

我可不想被燒成灰！

　　我腳爪剛落地，趕忙向卡卜羅藏身的灌木叢 **跑** 去。我手忙腳亂地套上鎧甲，大叫道：「快跑啊，不然女巫就要把我們 **燒** 成灰啦！」

　　那些趕來為餅乾婆護衛的女巫大部隊騎着廚用刀叉上下翻飛，一路追擊我們並投射熊熊火焰：「哇哈哈，你們倆誰想先被烤焦？」

看我們來揪住你的尾巴！

呼呼 呼呼 呼呼 呼呼 呼呼 呼呼 呼呼

我們要扯下你的鬍子！

我們要把你燒成灰！

給我過來！

呼呼

我突然靈光一現，不遠處屹立的山峯，正是磁鐵山，此山彷彿巨大的

磁鐵，

能夠吸附金屬。於是，我們徑直向磁鐵山跑去，女巫們躲閃不及，她們的刀叉坐騎紛紛被磁鐵山吸住……

我聽見一陣巨響：

救命啊！

快逃哇！

哐噹噹噹噹！

我很抱歉……

沒關係。

當**女巫**還在地上痛苦地打滾時，我和卡卜羅上氣不接下氣地一路跑回了**魔力城**。

脫離險境後，我這才注意到身邊伙伴的表現異常：

「卡卜羅，你老實告訴我，你剛才怎麼跑得飛快？你不是腳踝扭傷了嗎？」

卡卜羅的臉尷尬地變成了**絳紫色**：「其實，當時我走得太累了……坐在獨輪手推車上那有多舒服……**騎士**，我並不是成心欺騙你，你能原諒我嗎？」

我微微一笑：「當然了，因為我和你是朋友啊。作為友誼的象徵，我要送你一個小禮物——是一顆**女巫糖**！」

卡卜羅開心地將糖果放進嘴巴。

「嘖嘖，我也為你準備了一份小禮物，那就是我的望遠鏡！請記得：如果你需要我幫忙，就召喚我……現在我們是**朋友**啦！」我為旅途中結識了一位新朋友而欣喜。就這樣，我向仙女國皇后的水晶宮走去，一路興奮地吹着口哨。

悲傷的騎士歸來

　　我剛走進城堡的禮儀大廳，**黑暗塔騎士團**的首領──吹牛王一把揪住我的耳朵：「別耍滑頭，老鼠！」

　　緊接着一個仙女從我手上奪走金鐘琴：「把它給我，老鼠！」

別耍滑頭，老鼠！　　　把它給我，老鼠！

黑暗塔騎士團
聽命於首領吹牛王！

芙勒迪娜見到我說：「騎士，你回來了……我命你速速再啟程！這次我命你帶回『黑暗精華』——這件寶物一直由**蝙蝠部落**的蝙蝠精保管！」

　　我驚詫地張大嘴巴：「呃，陛下，我可以問個問題嗎？你要拿『**黑暗精華**』的目的是什麼？」

　　皇后猛地站了起來。

　　「不許多嘴，騎士！我命令你立刻出發！」

我命令你立刻出發！

吹牛王上前扯着我的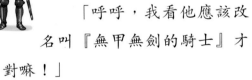尾巴，將我從大廳裏拖出去，我身後傳來一陣陣黑暗塔騎士的嘲笑聲：

「哈哈，看他那身鏽鐵皮盔甲，真滑稽……」

「嘿嘿，那老鼠連把像樣的寶劍都沒有……」

「呼呼，我看他應該改名叫『無甲無劍的騎士』才對嘛！」

我難過地夾着尾巴走開了：他們對我的羞辱太過分啦！

唉！

當我走出水晶宮時，黃昏已經降臨。我跌坐在一塊石頭上，翻開賴嘰嘰的《夢想國旅行指南》，開始研究神秘之地的地圖，來確定蝙蝠部落的方位。

　　天知道我究竟能否完成這一使命？

　　我很累……非常累……

　　應

　　　該說，

　　　　　太

　　　　　累了……

黑暗精華

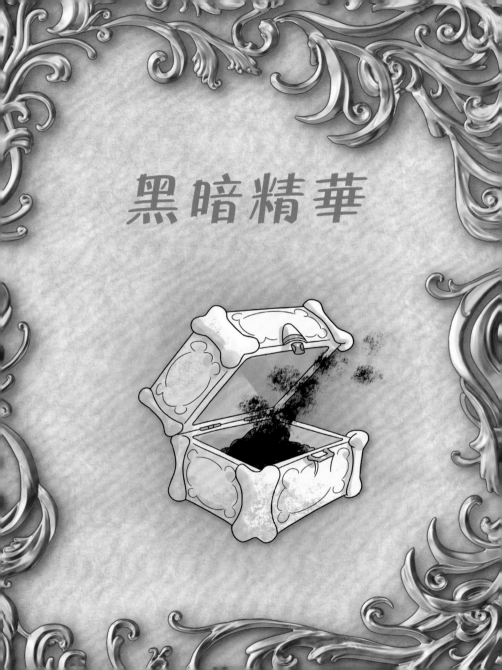

黑夜中的點點光亮

太陽已經沉到地平線下，我四周一片漆黑，再也無法閱讀指南了。

一把微弱的聲音在我耳邊響起：「咦，你為什麼如此難過，身穿金色鎧甲的騎士？」

我喃喃地說：「我穿的鎧甲不是金的，只是刷了一層鍍金的漆。我只是一個沒用的騎士……孤零零的騎士。」

那微弱的聲音安慰我說：「你並非孤零零一個，因為我在傾聽，騎士！」

另一把細小的聲音響了起來：「沒錯，還有我在傾聽，騎士！」

然後，好多小聲音響了起來：「騎士，我們都在傾聽！」

接着是此起比伏的話語聲：「沒錯，騎士，所

有螢火蟲國的民眾們都在傾聽！」

我告訴大家，自己即將孤身踏上前往蝙蝠部落的征途，因為沒有誰與我同行。

螢火蟲國的民眾安慰我：「別難過，騎士。每道難題都會有解決辦法，只需要耐心找到它！」

他們圍在我身邊盈盈起舞，點點光明照亮了黑夜，這些小傢伙們齊聲唱起了光明希望之歌……

騎士……

你並不孤單……

哇哦！

還有我們呢……

光明希望之歌

當你情緒低落，
當你悶悶不樂，
去找位好朋友，
向他盡情訴說！

別衝動別琢磨，
也別淚流成河，
只需呼喚知己，
叫上一、二、三……
或乾脆三十個！
低落總會慢慢復甦，
希望的光明就在不遠處！

我向大家道謝：「朋友們，你們幫助我重拾希望。我真想給你們個大大的擁抱，可卻沒法做到。誰讓你們的個頭太小了！」

　　他們開心地笑起來：「我們個頭雖小，可數量眾多！只要我們齊心協力，定能助你一臂之力！」

　　其中一隻頭戴金色皇冠的螢火蟲清清嗓子：「我——光明皇后，代表螢火蟲國的所有子民宣布，我們將陪你踏上旅途！你將不再孤獨！現在孩子們，你們快快集合成一個搖籃的形狀，將騎士送往蝙蝠部落。好好睡吧，騎士，等你一覺醒來，我們就已經飛到蝙蝠部落啦！」

光明皇后
螢火蟲國的皇后

螢火蟲國的財富

　　螢火蟲形成的搖籃舒緩地**搖晃**着，我躺在上面，很快進入了甜蜜的夢鄉……

　　當我睜開雙眼時，一座陰森的**蝙蝠**迷宮出現在前方！

　　螢火蟲們在這座狹長深邃的迷宮前緩緩降落。看來，此地正是蝙蝠部落的棲息地！

　　　　　　　我告訴大家：「朋友們，芙勒迪娜命我取回黑暗精華，這一寶物正由蝙蝠部落保管……」

皇后提議道：「不如我們向蝙蝠部落提議，用一件珍奇之物，換取他們的寶物……」

皇后的小姪女玲瓏果悄聲說：「姑姑，我有個好主意，我們給蝙蝠們準備一頓美味大餐：玫瑰果蠅刨冰！他們一定會饞得流口水！」

光明皇后愛惜地摸摸她的觸角：「好樣的，小機靈，這主意真不錯！」

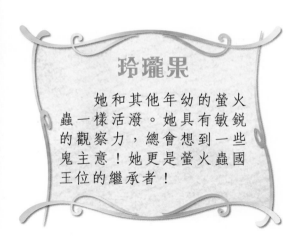

玲瓏果

她和其他年幼的螢火蟲一樣活潑。她具有敏銳的觀察力，總會想到一些鬼主意！她更是螢火蟲國王位的繼承者！

光明和玲瓏果

皇后將螢火蟲們分成兩隊：「你們，去採購 **玫瑰果蠅刨冰**！而你們，一路朝北飛，搬些 **冰塊** 回來！」

皇后打開隨身帶的一個匣子，裏面裝滿了亮晶晶的 **金幣**。原來，這是螢火蟲部落的保險箱，這些金幣是購買糖漿用的。

我為耗費螢火蟲的錢財感到抱歉。但皇后卻大方地安慰我：「騎士，我們螢火蟲民族很清楚：一生 **最大的財富**，是友情！」

都為了您……

螢火蟲的財富……

親愛的騎士！

1. **暗黑蝠**：他們住在深邃黑暗的迷宮中。他們實際上控制了蝙蝠部落！

2. **海洋蝠**：他們身上纏着海藻，生活在幽暗狹長的深淵中！

3. **玫瑰蝠**：他們宣告春天的到來！

4. **紫毛蝠**：他們長着標誌性的紫色毛髮！

5. **謊言蝠**：他們的目光讓我們不寒而慄！

6. **花邊蝠**：他們身穿考究的喱士花邊襯衫！

7. **幽靈蝠**：他們長着極為罕見的透明翅膀！

8. **陰笑蝠**：他們時常發出淒涼恐怖的笑聲！

9. **決鬥蝠**：他們在決鬥中表現神勇！

10. **勇士蝠**：他們的配劍如剃刀般鋒利！

黑暗迷宮

蝙蝠淵

春日玫瑰峯

蝙蝠部落

鬼怪窟

(4)

(5)

花邊窟

(7)

紫髮窪

(6)

謊言穴

陰笑洞

(8)

(10)

(9)

角鬥競技場

決鬥場

蝙蝠的臭味

等螢火蟲們都飛走後，我向黑暗幽深的迷宮走去。

迷宮的入口很窄，甚至可以說極窄，只是個蝙蝠形狀的小洞而已。

為了從小洞中穿過，我不得不脫掉身上的鎧甲，只剩下內衣內褲（還是有喱士花邊的！）。

嗚哇哇！

為了進入迷宮，我不得不先鑽過一個蝙蝠形狀的小洞……我脫得全身只剩內衣內褲！

好難聞哦！

迷宮內就像盛夏八月堵塞的下水管道一樣，散發出難聞的氣味，坑道裏飛滿蒼蠅！

哎喲喲！

我在伸手不見五爪的迷宮裏轉啊，轉啊，生怕迷失了方向，直到我望見前方隱約透出火光，才發現自己置身於一個巨大的洞穴內⋯⋯

洞內點起了熊熊篝火，上面**架着**一口大鍋⋯⋯

成千上萬隻蝙蝠扇動翅膀，在大鍋四周飛舞！他們將洞穴內的黑暗物質紛紛扇進大鍋內⋯⋯

看來傳說中的「**黑暗精華**」就是以這種方式生產的：將大鍋內所有黑暗的物質熔成一體！

蝙蝠們一邊上下翻飛，一邊高唱着「**蝙蝠之歌**」。

我受夠啦！

咕吱吱，這些傢伙除了氣味難聞外，還很聒噪！

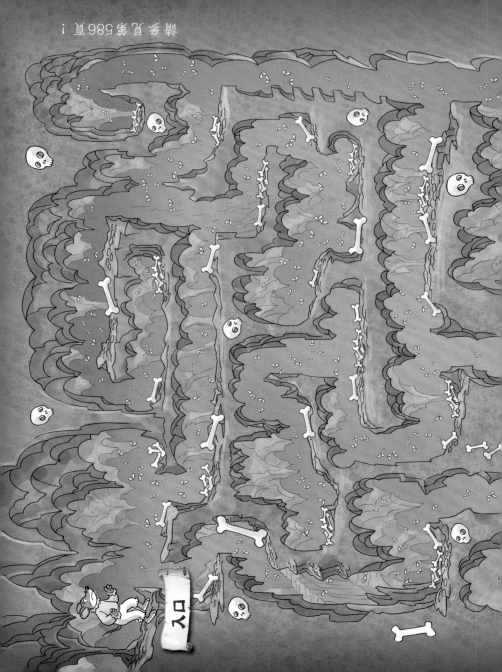

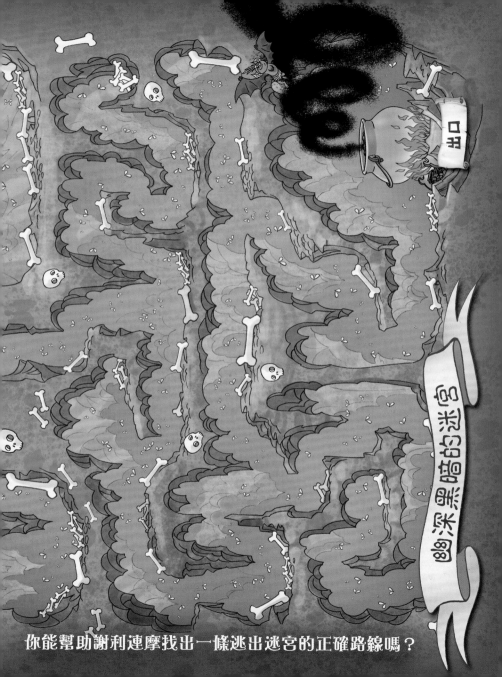

蝙蝠的　　　臭味

蝙蝠部落的首領自大王四周圍繞着一羣密密麻麻的蒼蠅！

好噁心啊！你們也聞到了吧？

（試着揉一揉，聞一聞前一頁的虛線部分！）

一些蝙蝠在**打鼓**！

還有一些在**吹號**！

另外一些揮舞着**棍子**翩翩起舞！

更有一些身上佩戴着奇怪的**骨頭**項鏈。

不過，所有蝙蝠倒是有一個共同點——牠們的氣味都很臭！

咕吱吱、真的好臭啊！

這隻神秘的
小蝙蝠是誰呢？

我注意到在角落裏躲着
一隻小蝙蝠。
他既不唱、也不跳、
身上也沒有難聞氣味。
他究竟是誰呢？

168

　　我哆哆嗦嗦地向蝙蝠羣走去，**結巴**着說：
「呃，你好，我是正直無畏的騎士，以仙女國皇后
芙勒迪娜的名義，向各位尋求黑暗精……」

　　我話還未說完，一隻蝙蝠已經「吱吱」地朝我
衝過來，在我腦門上結結實實地敲了一棍。

　　我哀嚎道：「哎喲喲！」

　　隨後就失去了知覺，周圍一片黑暗黑暗黑暗！

吱吱！

哎喲喲！

蒼蠅味餡餅、蚊子味果汁

當我睜開眼睛時，發現自己被綁得像一根熏香腸。蝙蝠們發出陣陣冷笑：「吱吱吱，我們發現你了，你這老鼠！你好大的膽子，居然敢私闖我們的老巢？我們要給你點顏色看看……」

一隻名叫肥肉仙的圓蝙蝠走上前來，他圓滾滾的肚皮上繫着用葉子編成的圍裙，頭上戴着**毒蘑菇**織的小帽，興高采烈地宣布：「吱吱，今天我要來烤全鼠嘍！配菜依次為毒蘑菇、山洞霉菌、蒼蠅餡餅、蠕蟲肉醬、蝗蟲酥、**白蟻鹵**、蠍子肉餅、蚊子果汁、果蠅蜜餞、**灰塵沙律**、黃蜂調味醬、蜜蜂冰淇淋、牛虻曲奇、蜘蛛酸醋、甲蟲丸子，還有新鮮的塵蟎！」

　　所有的蝙蝠都貪婪地舔着鬍鬚：「吱吱——吱吱——吱吱——吱吱！」

　　我趕忙向蝙蝠們提議：「求求你們，給我一個說話的機會吧，我有個關於晚餐的提議，你們一定會喜歡！」

吱吱！
吱吱！
吱吱！
吱吱！
吱吱！
吱吱！

　　自大王——蝙蝠部落的首領，高聲宣布：「吱吱吱，全部閉嘴，先聽聽他的提議是什麼！老鼠，你說吧！不過，你最好小心點，否則我一口將你吞下肚！」

171

毒蘑菇

蒼蠅餡餅

蠍子肉餅

山洞霉菌

蠕蟲肉醬

白蟻鹵

蚊子果汁

果蠅蜜餞

新鮮的塵蟎

灰塵沙律

黃蜂調味醬

蜜蜂冰淇淋
牛虻曲奇

甲蟲丸子

我可不想與這些配菜一起下鍋……

一份玫瑰果蠅刨冰

我壯起膽向眾蝙蝠宣布：「**蝙蝠部落的各位兄弟**，我的提議是：如果你們將『黑暗精華』交給我，作為回報，我將給大家奉上……

美味的玫瑰果蠅刨冰！」

全體蝙蝠都高叫起來：「吱吱吱吱吱，那可是稀世美味啊！我們接受你的提議，老鼠！」

恰好在此時，出外尋找玫瑰果蠅糖漿和冰塊的螢火蟲大軍終於趕到了。在蝙蝠們貪婪的目光注視下，我開始準備調配玫瑰果蠅刨冰。下圖就是我的秘密配方哦！

玫瑰果蠅刨冰

如果你們找不到玫瑰果蠅糖漿，可以嘗試用草莓醬來代替哦！

小朋友，請讓身邊的大人來幫忙！

材料：適量冰塊，2杯草莓，3勺糖，半個檸檬

1. 將草莓清洗乾淨，將其切成小粒。（請小心，*別切傷手指哦！*）請身邊大人幫忙操作攪拌機，把草莓粒打成草莓汁備用。

2. 把冰塊放入攪拌機內打碎，然後再加入部分草莓汁、檸檬和糖一起混合攪拌成。隨後，在碎冰上淋上少許草莓汁，一杯新鮮美味的刨冰就完成啦！

　　我拿起冰塊，用石頭將它敲碎。隨後在上面撒上玫瑰果蠅糖漿……

　　所有的蝙蝠依次排好隊，一隻爪握着木頭叉子，一隻爪握着骨頭勺子，齊聲喝彩：「吱吱，這刨冰真是蝙蝠界無雙的美味啊！求求你把製作配方給我們吧，作為回報，我們會將『黑暗精華』交給你！」

　　蝙蝠部落的首領走上前來，把一個骨頭刻的小匣子遞給我。裏面裝着一團黑色塵霧，這與我在《夢想國旅行指南》中讀到的一模一樣！

175

這玩意兒的的確確是黑暗的精華啊！

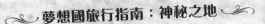
黑暗精華

　　夢想國裏的居民也許並不知道：有一種神秘物質，可以源源不斷地釋放深不可測的黑暗——它就是傳說中的黑暗精華！

　　只有蝙蝠部落的民眾懂得如何製作它。

　　他們明白這物質極為稀有，因此將它秘藏在一個外表陰森、用骨頭刻成的小匣子內……

只需要一點點粉末，就能將任何地方染成黑色！

他們甚至遞給我一副（臭烘烘的）**樹皮**鎧甲，因為我的鎧甲留了在入口處，我總不能穿着內衣褲到處遊蕩吧！

　　螢火蟲們匯合成搖籃的形狀，載着我飛向仙女國。咕吱吱，奇怪的是，我總覺得出發後似乎有誰在尾隨着我⋯⋯

　　飛行中，我掏出**望遠鏡**，仔細地觀察着白雲下的所有地域。哦，夢想國的疆域多麼遼闊啊！每當我重返這一國度，總會經歷不同的奇遇，遊歷各個不同的地域，遇見各式各樣的居民⋯⋯

　　咕吱吱，奇怪的是，我總覺得在飛行中似乎有誰尾隨着我⋯⋯

　　在地平線上，水晶宮璀璨的穹頂終於映入我的眼簾。咕吱吱，奇怪的是，我總覺得在我着陸時似乎有誰尾隨着我⋯⋯

奇怪！我總覺得似乎有誰在尾隨着我⋯⋯

你居然能活着回來？

咕吱吱，奇怪的是，我總覺得似乎有誰在我進入水晶宮時尾隨着我⋯⋯

我徑直走到寬敞的禮儀大廳⋯⋯

你居然還在這兒？

這⋯⋯

芙勒迪娜見到我，吃驚地張大嘴巴：「你居然這次又活着回來？你到底是如何逃出蝙蝠部落的？他們個性兇殘，而且本該……我是說可能把你撕成碎片！」

我解釋說：「陛下，我並不喜歡**戰爭**，因此我並沒和蝙蝠們搏鬥，而是送給他們一份萬眾期待的禮物，作為回贈，他們將黑暗精華交給了我。就在這兒，現在我將它交給你。」

我將收藏着黑暗精華的骨頭匣子遞給了皇后。

她用冰一樣刺骨的目光盯着我：「既然你能成功回來，那麼就立刻出發！這次我命你前往**吸血鬼窟**——吸血鬼范骷皮家族的領地，從那兒給我帶回水晶棺。」

水晶棺

吸血鬼？ 什麼麼麼？ 好可怕啊！！！

181

我的臉變得比白骨更白，我的身子

如木乃伊一般**僵硬**……

　　我像狂風中的枯葉一般**瑟瑟發抖**……

但我口中仍喃喃地說：「遵命，陛下。」

我拼着體內最後一絲氣力，蹣跚步出水晶宮。

　　隨後，我兩眼一片漆黑，失去了知覺！咕吱

吱！

咕吱吱！咕吱吱！
咕吱吱！咕吱吱！咕吱吱！
咕吱吱！咕吱吱！咕吱吱！
　　　　　　　咕吱吱！
　　　　　　　咕吱吱！

咕吱吱……我成了一隻死老鼠！

水晶棺

我的名字是……斯皮丁！

　　我睜開雙眼，模糊中望見一個小東西正拍動着翅膀為我送風。我喃喃地嘟嚷：「你是誰？我又是誰？究竟發生什麼事了？救命啊啊啊！」

　　我終於看清了那小東西的臉孔……一張**蝙蝠的臉**！

他（那蝙蝠）的話讓我平靜下來。

「別驚慌，騎士，
我是蝙蝠部落首領的兒子，
是站在你這邊的朋友！」

我這才認出他來。他不就是當日在蝙蝠部落中孤單地站立在一旁的小蝙蝠嗎……

我驚訝地問：「你來這兒做什麼？」

「呃，騎士，我一路跟隨你到這兒，為的是想陪你一起，完成你的……

使 命 ！

現在我可以透露給你：我的名字是……

斯皮丁！

還有我的身世……

185

斯皮丁的身世

蝙蝠部落
的紅寶石
指環

蝙蝠部落
的紅寶石
項鏈

　　我就是蝙蝠部落首領的兒子斯皮丁。我爸爸傳給我一枚紅寶石指環和一串項鏈，作為統領部落的象徵。他還教會我打鼓，並要求我不要洗澡，因為一位真正的男蝙蝠漢子從不洗澡！可我並不像其他蝙蝠一樣熱衷跳舞（*而是喜歡寫詩！*），我也不喜歡敲鼓（*而喜歡彈奏豎琴！*），我更不喜歡渾身臭氣（*相反我每天都洗澡！*）。我決心做我自己，因此我出發踏上旅程，我希望站在弱者一邊，完成神聖的使命！

隨後，他真誠地請求我：「吱吱，騎士，我能和你一起完成這偉大的歷險嗎？」

我搖搖頭：「我不能帶上你，因為我要去的地方十分恐怖，叫做**吸血鬼窟**——吸血鬼范骷皮家族的領地。」

「吱吱，倘若是這樣，那你就更需要我陪伴在你身邊啦！若想潛進吸血鬼的堡壘，你自己必須裝扮成一隻地道的吸血鬼，而吸血鬼身邊難道不需要一位蝙蝠侍從嗎？」

我不得不承認，斯皮丁的話很有道理。

於是，我伸出手爪：「好吧，斯皮丁，我們一起出發。」

斯皮丁尖叫起來：「吱吱，你目前最需要一樣東西——就是**吸血鬼**的斗篷。」

然後，他引我走進一家商店，上面掛着塊招牌……

真真假假舖！

187

真真假假舖

我走進商店，四處張望着。這間古怪店舖裏堆滿了各式各樣的小玩意！一位年邁的**老婦人**以一種與她年齡不相仿的矯捷步伐，蹦過來迎接我們。我的注意力不禁聚焦在她臉上，我從未見過如此長的大鼻子。

她尖聲招呼我們：「早啊，最親愛的顧客們，我名叫……

長鼻跳舞娘！

歡迎你們來到……

真真假假舖！

真真假假舖

　　這間店舖裏出售所有能夠滿足你想像的稀奇古怪的道具！店舖的主人——長鼻跳舞娘出售的商品，看上去像是真的，可實際上都是假的！無論你獨自前來，還是結伴採購，這店舖都能讓你大開眼界……或是大驚失色！

跟我來，跟我來！

謎底請見第586頁。

我答道：「呃，我需要一套**吸血鬼**的服裝……」

跳舞娘還未等我説完，就搶先推銷起來：「要不要來一套**花仙子**的衣服，配上野玫瑰花環和神奇魔法棒？」

花仙子

我搖搖頭：「謝謝，女士，可我需要的是**吸血**……」

她繼續建議：「那你覺得**礦工矮人**的裝束如何？配上假鬍子、十字鎬和金塊？」

礦工矮人

「不好意思，女士，也許是我沒説清楚，可我想要扮成**吸血**……」

沼澤怪獸

她堅持自説自話：「要不要來一

蕁麻精靈

身**沼澤怪獸**的裝扮過過癮？還可以免費幫你在全身上下塗抹新鮮的爛泥哦？或者試試一身**蕁麻精靈**的打扮啊，唯一的問題就是穿了渾身會發癢？還是來身**黑暗巫師**的行頭吧，尖尖的高帽配上末端閃閃發亮的魔法杖，十分酷帥……」

斯皮丁終於忍不住氣惱地叫起來：「女士，我的老鼠朋友想要扮演的角色是吸血鬼，明白嗎？**吸血鬼！**而且我們時間緊迫！緊迫！緊迫！緊迫！」

黑暗巫師

緊迫！

緊迫！

緊迫！

緊迫！

緊迫！

香粉，假髮和假牙！

跳舞娘嘟噥道：「哎呀呀呀，你們為什麼不早告訴我想要一身**吸血鬼**行頭呢？」

她從角落裏搜出一件外套，披在我身上。「試試看這件，還要配上**吸血鬼**的妝容才像！」

咳咳！

呀嗯……

我在臉上
抹滿香粉……

我套上假髮，
戴上假牙……

我在臉上抹滿香粉，以凸顯蒼白的面容……
之後套上假髮，戴上尖利的假牙……再噴上幾滴
「噩夢鬼夜」牌香水，穿上花邊襯衫，一套馬甲和
西褲，隨後套上天鵝絨斗篷……我抓起末端
鑲着頭蓋骨的拐杖，將一瓶假血漿揣進口
袋……此後我照照鏡子……驚慌地尖叫起
來，因為我在鏡中看到了一個吸血鬼！

假血漿

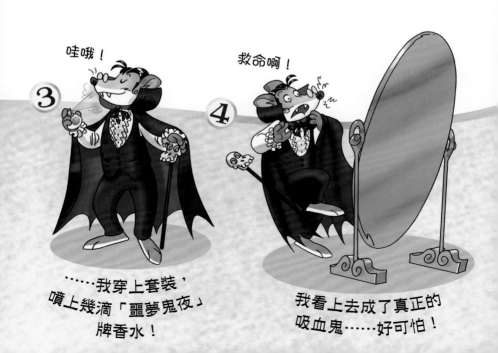

哇哦！

3

……我穿上套裝，
噴上幾滴「噩夢鬼夜」
牌香水！

救命啊！

4

我看上去成了真正的
吸血鬼……好可怕！

斯皮丁也換上了吸血鬼的裝束，他詢問跳舞娘：「吸血鬼出行的交通工具是什麼？」

跳舞娘建議道：「我向你們強烈推薦鑲金馬車，整個馬車上面鑲了金，而有華麗的紅色天鵝絨座椅，前面配着三匹駿馬，牠們的膚色像墨水一樣黑！」

小蝙蝠斯皮丁點點頭：「不錯，我還需要在車上放很多禮品……必須是那些表面看上去貨真價實，其實一文不值的偽造品！」

跳舞娘若有所思地點點頭：「嗯嗯嗯嗯嗯嗯……」

隨後，她搬出一堆偽造品，仿造得如此逼真，簡直……

……和真品一模一樣！

斯皮丁大聲問：「現在，女士，所有的道具、馬車和偽造禮品加在一起，我們應付你多少錢？」

真真假假舖

假金皇冠

假絲絨斗篷

假銀匣子

假大理石
時鐘，上面
指針由假珍珠
母貝製成

假陶瓷盤子，鑲着假的金邊，
配上假銀器和假水晶造的杯子

盛滿假珠寶
的匣子

一大束假花

一張假的
貴族身分證

跳舞娘拋出一個天文數字：「我要……要……
要……三千枚金幣！」

三千枚金幣？

小蝙蝠從脖子上摘下一串沉甸甸的金
項鏈。鏈子上掛着顆碩大的紅寶石，如
燃燒的火炭般閃閃發亮，這真是一塊
價值連城的寶石啊！

小蝙蝠問道：「用這條項鏈付賬可以嗎？」

跳舞娘將項鏈緊緊握在手中：「可以，小傢
伙，就這麼成交啦！」

隨後，她摸出一大堆牛排骨：「今天算老娘心

情好，我送你們三十塊牛排骨：你
們進入吸血鬼范骷皮家族的領地時就
能用到它們啦！要知道那片土地上，到
處都有**惡狼**。」

銀狼的牛排骨……

我們與她道別，正欲轉身離開，她又在我們口
袋中塞了許多顆大蒜頭。「這個東西你們也會
用得到，誰讓你們即將進入吸血鬼肆虐之地
呢！」

我**哆嗦着**鑽進馬車，斯皮丁坐在車
前，駕駛着馬車轟隆隆向前**駛去**。

我們就這樣踏上了新的尋寶歷險，天
知道這次能否活着歸來……

抵抗吸血鬼的
大蒜頭……
哆哆哆！

吸血鬼范骷皮家族的領地

　　我們的馬車徑直朝一個方向駛去，那就是吸血鬼窟，夢想國最**神秘**之地。

　　我翻閱着《夢想國旅行指南》，裏面記載的一條消息讓我毛骨悚然，沒有任何一個旅行者，從那裏**活着**走出來！

　　而我現在卻不得不駛向那裏⋯⋯太可怕了！

嗷嗚嗚嗚嗚嗚嗚嗚嗚嗚嗚嗚嗚嗚嗚嗚嗚
嗷嗚嗚嗚嗚嗚嗚嗚嗚嗚嗚嗚嗚嗚嗚嗚

正當我的腦袋裏充滿了噩夢般的假想畫面時，馬車突然劇烈地**搖晃**起來，**上上下下，前前後後**地震動，差點將我的吸血鬼假牙嗑掉，我的暈車症立刻發作了。

我的腸胃好像那被塞進洗衣機的**髒衣服**，頓時開始翻江倒海。

更讓我頭痛的是，荒野中的狼羣正跟隨着我們的馬車奔跑⋯⋯

嗚嗚嗚嗚嗚！
嗚嗚嗚嗚嗚！

吸血鬼窟

你們仔細觀察，就能發現在這片神秘國度上流淌的河流，呈現出血一樣的紅色。那是因為河流源頭來自鐵礦山，裏面含有豐富的鐵元素。

吸血鬼窟

　　吸血鬼窟，是吸血鬼范骷皮家族的領地，北與紅荒園公國為鄰，東與猩紅公爵領地接壤，南與恐懼侯爵公國連接，西與甜血王朝相鄰。整個王朝的統治者就是范骷皮家——吸血鬼四世，是整個王朝的開創者范枯骨的後代！

　　據說范骷皮家族擁有整個夢想國最古老的血統……

　　這片領土上通用一種古老的語言——吸血鬼方言，這語言的特點是將所有 V 字母開頭的單詞讀音拉長，並在單詞的最末尾發出狼嚎聲……

　　舉例來說：「你從哪裏來嗷嗚嗚嗚？」

吸血鬼幣

在吸血鬼領地上，通用的錢幣是吸血鬼幣，金幣上雕刻着吸血鼠伯爵的肖像。

家族族譜

吸血王朝會客室
（謝利連摩睡就
在這兒！）

千級樓梯

藏有水晶棺之地

吸血堡

該城堡由吸血鬼一世——整個王
朝的開創者建造，是個靈夢般恐怖的
地方。其中最陰森的房間被吸血鬼用
來招待訪客。該房間位於陡峭的城堡
頂端，需要爬千級樓梯方可抵達！

吸血姆和吸血鼠的臥室

吸血王朝會餐室

斯皮丁不時從馬車上抛下幾塊牛排骨，以滿足飢餓的狼羣。

我探出窗外，
只見眼前的景像越發荒涼。

一片片樹林枯枝纏繞，枝幹筆直地刺向天空。一條溪流在尖利如犬牙的石塊中蜿蜒。

土地、岩石和山巒都縈繞在淡紫色霧氣中，河流的顏色殷紅如血。

一團**濃霧**從山谷中升起，天空中下起傾盆大雨。尖利的**閃電**劃破長空。

我提了提斗篷，將自己的臉裹得嚴嚴實實。

咕吱吱，我究竟是何苦來到如此荒涼凄冷之地，並與蝙蝠結伴，去尋找什麼**水晶棺**呢？

就在我心神恍惚之際，前方出現了一座……尖頂的城堡……我們終於抵達了……

吸血堡！

吸血堡

斯皮丁勒了勒韁繩，三匹漆黑如墨的駿馬仰天長嘯，停在城堡前。

整座城堡由灰色巨石建成，屋頂鋪滿如墨水般漆黑的瓦片。

城堡的塔尖上飄揚着一面**旗幟**，上面的圖案是蝙蝠形狀的吸血鬼。

我僅僅瞥了一眼那旗幟上的圖案，渾身的毛就緊張得直立起來⋯⋯

斯皮丁跳下馬車，按了按城堡門鈴，頓時一聲怪叫直刺雲霄。

嗷嗚嗚嗚嗚嗚嗚嗚嗚嗚嗚！

我驚恐得跳起來，原來那怪叫是從門鈴裏發出來的。

　　城堡的大門緩緩拉開，裏面伸出一位大管家的腦袋，他咆哮道：「誰好大的膽膽膽，居然敢驚擾高貴的吸血鬼家族族嗚嗚嗚？」

　　斯皮丁裝模作樣地咆哮道：「我乃是隨從斯皮丁，特此宣告——鼠血王朝的**吸血摩摩**大公來訪！」

　　大管家懷疑地問：「隨從斯皮丁，既然貴客上門門門，何不提前通知我我我，以便我們設宴款待貴客客客！」

　　斯皮丁展現了他高超的應變技巧：「以一千隻蝙蝠的名義，你們居然沒收到我的來信？我之前特派一名**飛鼠信使**，來給你們傳遞消息！」

在吸血鬼的領地上，吸血鬼通過會飛翔的老鼠來傳遞信息，這種方式被稱為「特快鼠遞」！

大管家大驚失色：「嗷嗚嗚，我並未收到此信信信，好倒霉霉霉！」

隨後他尖聲吩咐屬下：「還不快快將千級樓梯上的塔頂臥室準備出來來來，這次到訪的可是位貴族族族族！」

所有的隨從俯首遵命，而當他們聽到大管家提到「血」這個字時，無不貪婪地舔舔嘴唇，發出吸吮的怪聲：

嘶溜！

吸血鬼大管家招呼我們：「隨我來來來！」

他帶我們進入一條長長的走廊，走廊兩側插着火把，發出幽暗的光亮。

咕唆唆，這城堡也太昏暗了！

我們抵達一扇大門前。隨着大門緩緩打開，我望見……

答案參見第587頁。

血果汁的秘密

吸血鬼的**寶座大廳**十分空曠。大廳的盡頭懸掛着范骷皮家族的格言：「血並不濃於水！」

吸血鬼宮廷貴族們在大廳中竊竊私語：

「嘶嘶⋯⋯嘶嘶⋯⋯嘶嘶⋯⋯嘶嘶⋯⋯」

大管家高聲稟報：「報報報⋯⋯出身藍血貴族的⋯⋯鼠血王朝的吸血摩摩大公來訪⋯⋯跟隨前來的還有一個蝙蝠侍從⋯⋯」

一位面容**慘白**的鼠頭端坐在銀色寶座上。他面容精瘦，鬍鬚柔軟，毛皮泛出銀色光芒。他手爪上佩帶着貴族的**戒指**，以及刻着 V 字圖案的金色紋章。

他身穿黑色絲絨外套，內搭考究的花邊襯衫，

外面還繫着紫色天鵝絨斗篷，腰上別着把銀劍。

　　他宛如**寒夜**般冰冷的目光掃視着我，從我的鬍鬚尖掃到尾巴尖，隨後嘴裏發出像回音一樣空蕩的聲音：「你就是……所謂的……吸血摩摩大公……」

　　我渾身**抖得**如篩糠一般，結巴地說：「呃，正……正是我，我是說……」

　　斯皮丁趕忙上前為我解圍。

吸血鼠伯爵

　　他喜愛下棋，跳華爾茲舞以及用劍決鬥。他最喜歡打賭。而且，為了給他的女兒找一位出身高貴的女婿，他願意付出任何代價！

血果汁

它其實是假血，看上去像血漿，其實是紅山莓釀成的果汁。這種紅山莓只在吸血鬼城堡的果園裏出產！

「吸血鼠伯爵，請允許在下為你介紹，這位就是出身高貴的……擁有藍血血統的……鼠血王朝的吸血摩摩大公！」

吸血鼠伯爵哼道：「我從未聽說過這個王朝朝朝……」

一杯血果汁！

呃……

請你一飲而盡，吸血摩摩大公！

別擔心，這是山莓汁！

哦……那就好！

年邁的吸血啃公爵舉着一個**杯子**，裏面盛滿了紅色液體：「吸血摩摩大公，這是本朝出產質量最佳的血果汁汁！」

我望着那液體，心想：莫非是血漿？！

我渾身**顫抖**起來，幾乎快暈厥了，但斯皮丁向我眨眨眼睛：「別擔心，騎士，這不是血漿，而是山莓汁！」

吸血鼠伯爵見我一飲而盡，滿意地直起身：「吸血摩摩大公，我們晚宴再見見見！」

　　一隻面容狡黠的蝙蝠妞從扇子後面偷偷瞄着斯皮丁，她戴着花邊禮帽，穿着紫色絲綢衣服：「我們晚上見，斯皮丁侍衞……」

　　斯皮丁磕磕巴巴地回答：「晚……晚上見，我是說一……一會兒見，最好馬……馬上見。請收下我最誠摯的問候，小姐！」

原來這位搭話的蝙蝠妞，是伯爵女兒吸血花的貼身侍女——斯黛拉小姐！

　　斯皮丁悄悄告訴我：「唔，我感覺自己愛上了她……因為我的心狂跳個不停！

呵呵呵呵呵，我戀愛了！」

千級樓梯迷宮

吸血鬼大管家拿起燭台，帶我們進入一條狹長幽暗、由灰色石子鋪砌的**密道**，密道中潮濕得很，水珠……

吸血鬼大管家將燭台遞給我，指指一條陡峭的樓梯：「晚安，吸血摩摩大公公公公公公公！請拾級而上，上面就是為你準備的臥室室室，城堡中風景最優美的一間房房房！抵達那裏前，只需要穿過千級樓梯迷宮宮宮……」

我顫抖地邁入這石頭堆砌的迷宮……

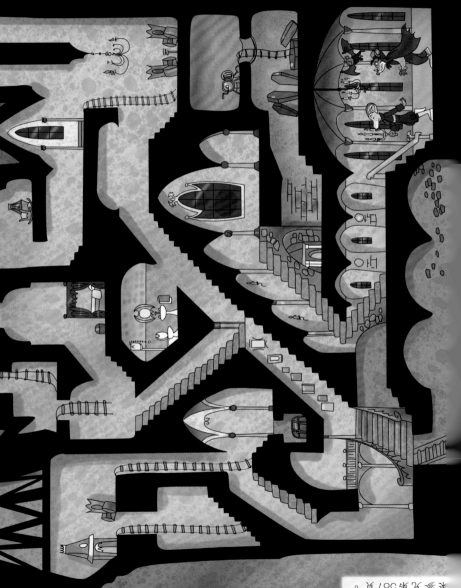

答案見第587頁。

我在迷宮中轉了幾個小時，當我終於筋疲力盡地走出迷宮時，看到了**惡夢**般的一間房……

房間**地板**上鋪着地毯，上面繡着范骷皮家族的徽章……

安着帳幔的大牀四周垂着紅色的天鵝絨帷幔……牀上鋪着猩紅色的牀單！

牆壁上掛着各處**墳場**的照片！

我走進**浴室**，只見水管中不時落下**紅色的水滴。**

我嘟囔道：「斯皮丁，這……這是怎麼回事，難道是血……血滴？」

斯皮丁安慰我：「吱吱，不是，只是鐵礦山流下來的水而已。」

我把頭埋在枕頭裏，嚎

啕大哭：「害怕極了，根本沒法再扮演一名吸血鬼！我沒法再忍受啦！」

斯皮丁試圖安慰我說：「吱吱，騎士，你一定可以的。你只需要增加點的氣息，例如培養冰冷的眼神，露出尖尖的獠牙，還有每次聽到『血』這個字時，要貪婪地舔舔嘴唇，發出吸吮的怪聲：『嘶溜！』」

紅色的水
水管中不時落下紅色的水滴，因為這一帶的溪流源頭，來自富含鐵元素的鐵礦山。

你能在圖中找出有
多少雙幽靈眼睛在注
視着謝利連摩嗎？

請翻閱至第587頁。

吸血族開胃菜和吸血族濃湯

晚餐的時候到了，我們下樓進入會餐室。斯皮丁忙着向吸血鬼們分發我們所準備的 禮物，希望他們不要識破這些並不值錢的禮品。還好，他們興高采烈地接受了！

我向吸血鼠伯爵獻上花環，贈給他的太太一串珠寶，並確保吸血鬼宮廷的所有成員都收到禮物。

我將一束假 玫瑰花 獻給了伯爵的女兒吸血花，即興作了幾句詩：「你的笑容如此燦爛，好似我手中……嬌艷的花瓣！」

吸血花嗅嗅玫瑰：「你真是太體貼了了了，吸血摩摩大公公公！請問你結婚了嗎嗎嗎？戀愛了嗎嗎嗎？還是說你仍是自由身身身？啊啊啊啊？」

這問題讓我措手不及，我喃喃地說：「我……

當然是自由身」

　　但是話一出口，我就悔得腸子都青了。因為年輕的女吸血鬼立刻向爸爸請求道：「哦哦哦，我多想立刻嫁給他他他！」

　　斯皮丁捅捅我：「你居然 吸引 了伯爵女……」

　　哎呀呀呀，這下我可難脫身了！

　　我們圍坐在餐桌旁，吸血鼠伯爵開始連珠炮的

送給你！

哇哦！

問話：「吸血摩摩大公公公，請問你的公國在哪裏裏裏？你的領地有多遠遠遠？你的**財富**有幾何何何？最重要的是，你的祖先身分有多尊貴貴貴？」

剎那間所有的目光都集中在我身上，我尷尬得臉都紅了：「我，我的確出身貴族，我的意思是，我的家族，或多或少，如果我沒記錯的話，可以追溯到很多年以前⋯⋯」

斯皮丁趕忙來救場：「吸血摩摩大公身分如此顯赫，以至於如果你刺破他的指頭，裏面會流出**藍色的**血液！」

幸好，此時此刻吸血大廚走進餐廳，呈上飯菜，吸血鬼們終於換了個話題。

咕吱吱，這滿桌的菜好**可怕**啊！

吸血族濃湯泛出紅色的泡沫⋯⋯我斗膽嘗了一口，以為自己會恐懼致死，結果發現⋯⋯原來裏面只是加了番茄醬。

吸血鬼們在席間的聊天話題也讓我**汗毛直**

菜單

開胃
前菜

吸血族
濃湯

吸血族
千層麵

吸血族
甜品
和冰淇淋

豎，他們興致盎然地談論着噩夢、亡靈、怪物、墳墓和各類奇聞軼事！

吸血鬼們在宴席上插科打諢，笑個不停。可他們的**笑話**對我來說也十分**灰暗**，無非就是些關於吸血鬼、墳場、墓碑和怪物的玩笑！

我何苦要進入這**噩夢**般的領地，被一輩**兇殘**的生物所圍繞，並不得不咽下**噩夢**般的食物呢？

吸血族
濃湯食譜

請讓一位成年人來幫助你！

材料：鹽、胡椒、橄欖油、固體濃縮蔬菜湯料或罐裝蔬菜湯料、4個成熟番茄、一隻紅辣椒、一個洋蔥、一瓣大蒜。

· 先將番茄和紅辣椒切成小塊，注意要先去掉紅辣椒裏面辛辣的籽。

· 將番茄和辣椒放進焗盤，隨後置入焗爐，以160度高溫加熱40分鐘，然後從焗爐中取出。

· 在鍋子中放入橄欖油，把洋蔥、大蒜炒香，然後加入烤好的番茄和辣椒拌勻後慢火煮幾分鐘，接着加入少許鹽和胡椒粉。

· 利用攪拌機把以上材料混合物打碎，攪拌成醬。

· 把混合物倒入鍋子中，再加入固體蔬菜湯料。然後，加入兩杯熱水，把固體湯料融化，繼續以慢火煮湯直至湯變得濃稠便完成了。現在，到了上桌的時候啦，祝你胃口大開！

吸血鬼笑話

吸血鬼笑話

一骷髏走進酒吧，詢問酒保：「請問，能給我來個夾着『消香斷腸』的麵包嗎？（意大利文中morta-della表示香腸的意思，但其中morta的意思是死亡）

哆哆嗦！

怎樣才能知道一位
幽靈是否怕冷？
答案就是……這幽靈向
你緩緩轉身時，
身上披的不是牀單，
而是……
羊毛毯！

到極致是……

兩具骷髏相處到極致是怎樣的？
那就是「不要臉皮的」生死之交！
變成仙女到極致是？
……擁有巫婆的軀體！
兩個吸血鬼決鬥到極致是
……只剩最後一滴血！

玩牌

吸血鬼德古拉和一位女巫
玩牌，吸血鬼贏了，你知
道為什麼嗎？
因為他「見了棺材都會不
掉淚」地「拼命作弊！」

在餐廳點菜

吸血鬼在餐廳點牛排，
他會怎麼説呢？
答案總是一句：
要帶血絲的！

心驚膽寒之夜

這個夜晚狂風肆虐，天色已晚，一名小老鼠錯過了尾班車，只好步行回家。路上已伸手不見五指般漆黑，突然他感覺到身後傳來一陣異動。他轉身一看，只見吸血鬼德古拉伯爵正跟在他身後。

他開始奪命狂奔，卻不小心鑽進了一條死胡同。他背靠一堵高牆，眼看德古拉伯爵已追到面前。慌亂之下，他從口袋裏掏出一顆糖果，試圖用它來打動吸血鬼：「請問，你想來顆薄荷味口香糖嗎？」

吸血鬼冷冷一笑：「有了口感極佳的鮮血，又何需口香糖？」

你想喝點什麼嗎？

一位男吸血鬼殷勤地問女吸血鬼：
「小姐，你想喝點什麼？」
她回答：「好的，謝謝。」
他問道：「那麼，要A型的還是B型的？」

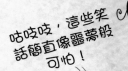

咕吱吱，這些笑話簡直像殭屍般可怕！

什麼是……?

什麼是吸血鬼們永遠不會用的東西？
是……防曬霜！(因為他們見不得陽光)

神秘的水晶棺

晚宴接近尾聲時，吸血鼠伯爵提議：「吸血摩摩大公公公，現在在在帶你參觀我自己收藏的古董**棺材**系列列列列！」

我即將見到《夢想國旅行指南》中描述的**水晶棺**，它正是我此次出行的目的！

我跟隨吸血鼠伯爵來到大廳內，裏面陳列了**100**多口棺材。

古埃及木乃伊棺材

大理石雕刻的古羅馬棺

巴洛克風格棺

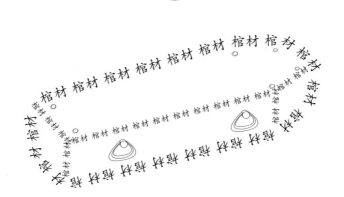

吸血鬼自豪地向我展示他的水晶棺。

「你覺得如何何何啊，吸血摩摩大公公公？」

整座水晶棺由白銀和水晶砌成，上面嵌滿華貴的寶石，內襯紫色絲綢⋯⋯

棺蓋上刻着一道謎語⋯⋯

中世紀棺

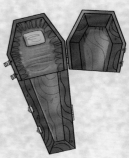

內襯猩紅色天鵝絨的棺，吸血鼠伯爵晚上就睡在這裏！

我高聲朗讀那道謎語：

「一旦進入此棺，
此生難以回返。
任誰都可進來，
沉睡於我心懷。
誰能扳開棺口？
唯有真誠之手，
來自真心朋友！」

我俯下身去，希望看個清楚，但吸血鼠伯爵警告我：「不要過於靠近近近，這個棺材十分**危險險險！**」

我哆嗦着斗膽請求：「請問，伯爵，這口棺材，也許……可能……或許……你會考慮出售？」

他發出雷鳴般的狂吼，震得城堡玻璃嗡嗡作響：「**不！不可能能能！我決不會賣掉水晶棺棺棺！**」

水晶棺

　　很久很久以前，西方的魔法師命令居住在火山口的灰燼矮人，為他造了一口擁有神奇法力的水晶棺，用來囚禁他的敵人。這就是水晶棺誕生的原因。

　　水晶棺通體晶瑩，上面由白銀包邊，四周點綴着純淨的寶石。它是整個夢想國最神秘的寶物，也是最危險的寶物。

　　我堅持道：「既然你不樂意出售，那你是否願意拿它……**賭一把？**」

　　吸血鬼伯爵立刻同意了：「我願意拿它向你挑戰『吸血鬼三項賽賽賽』，如果你贏了，這口棺材歸你你你。若你你輸了……就乖乖娶我女兒兒兒！」

　　於是，我們倆一言為定。斯皮丁在一旁為我加油鼓勁，可我接下來的一整晚噩夢連連，在牀上翻來覆去……

女兒兒兒，你可以開始準備嫁衣了了了了……

老爸，你一定要贏啊啊啊，我很想嫁給那個吸血鬼大公公公……

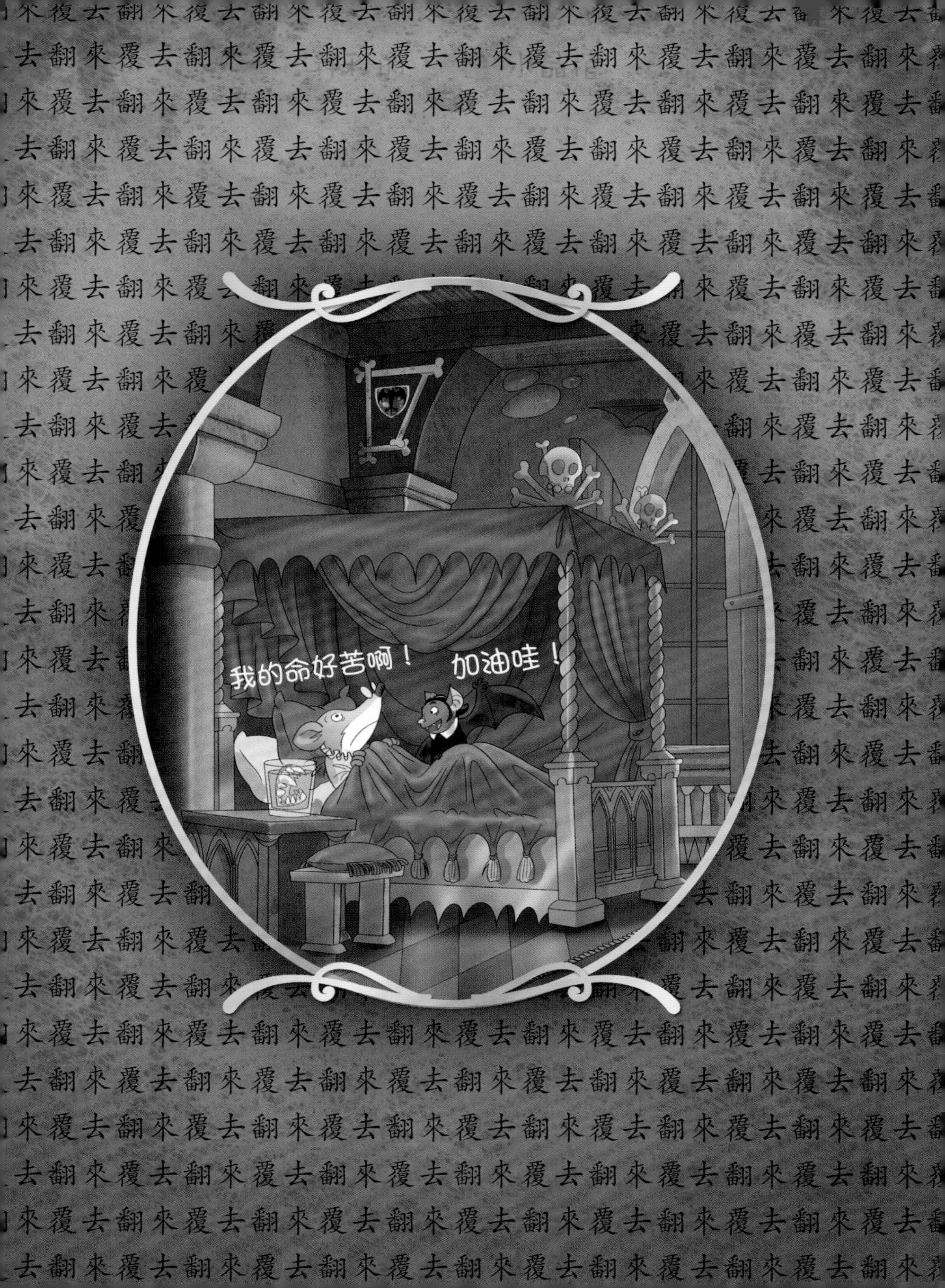
我的命好苦啊！
加油哇！

吸血鬼三項賽

當我清晨來到鏡前，發現自己的臉上現出兩個巨大的**黑眼圈**。

斯皮丁在一旁竊笑：「騎士，現在你再也不用化妝了：你的面容和吸血鬼沒什麼兩樣！」

我得知吸血鬼三項賽的第一局是**下棋**。

所有吸血鬼都在竊竊私語：「天知道誰會棋高一籌籌籌？是吸血鼠伯爵呢呢呢？還是吸血摩摩大公公公？」

伯爵直視我的雙眼：「你準備好了嗎嗎嗎？吸血摩摩大公公公？」

我盡力抑制全身的**顫抖**，回答道：「我準備好了，吸血鼠伯爵！」伯爵開始下第一步棋，於是我開始了生命中最為難忘的一次象棋對決。

1

下棋比賽

　　我不得不承認，吸血鬼伯爵是一位可怕的對手！

　　而我在棋盤上與他針鋒相對，我們始終勢均力敵。

　　終於，我利用對手的一個小漏洞……贏得了這一局！

　　吸血鬼宮廷貴族齊聲為我喝彩，可吸血鬼伯爵一揮手，大家立刻鴉雀無聲——伯爵可不喜歡輸的感覺！

　　我得知，第二局比試的內容，是跳華爾茲舞。

　　伯爵冰冷的目光彷彿刺穿了我：「吸血摩摩大公公公，我倒要看看你跳舞的技藝如何何何……」

　　他開始與伯爵夫人翩翩起舞，而我的舞伴則是伯爵女兒吸血花。

　　年輕的吸血花彷彿牡蠣一樣黏在我身上，嘴裏發出陶醉的呼喊：「哦，多麼熱情的舞步！」

　　吸血鬼交響樂團奏起了「蠟燭華爾茲」。我

很快就明白過來，吸血鼠伯爵的舞藝遠遠在我之上。

咕吱吱，誰讓我不擅長跳舞呢！我一點節奏感都沒有！

吸血鬼裁判公布第二局的比分：「吸血鼠伯爵：10分，吸血摩摩大公：負4分！」

我的心頓時沉了下來，斯皮丁趕忙為我加油：

「吱吱，鼓起勇氣來，還有一局呢！你一定能贏！」

嗚嗚嗚，可是第三局比試的內容，是用**劍**決鬥！

伯爵握緊手中的劍：「小心了，摩摩大公公公！我的賭注是水晶棺棺棺，而你如果輸了，就要娶我女兒一生一世世世！」

隨後，我們開始了激烈的格鬥。伯爵身手不凡，而我則畏手畏尾！他不斷向我發起**猛攻**，而我步步後退⋯⋯後退⋯⋯後退，最後伯爵將我逼到了

接待大廳長長長長長長長的宴會桌上。

　　伯爵出手又快又狠，他一擊就震掉了我手中的劍。那劍在空中劃出幾道曲線，不偏不倚地砍斷了懸掛屋頂純金大吊燈的繩子，那大燈重重地砸在伯爵的腦門上。發出保齡球撞擊的悶響！他頓時昏了過去！

　　吸血鬼宮廷貴族們大聲驚呼：「哇哦，吸血摩摩大公居然贏了！」

　　吸血鼠伯爵甦醒後，氣息微弱地握了握我的手：「你憑藉實力贏得了三項賽賽賽，因此將水晶棺交給你，我很欣慰慰慰！」

蝙蝠的愛

吸血花傷心地叫起來：「太可惜了了了，我好**喜歡他**他他！」

我向她走去，微笑着説：「即使我們沒結婚，我們也可以成為**好朋友**，不是嗎？」

隨後，我向斯皮丁使使眼色：「你準備好了嗎？」

我忠誠的蝙蝠侍衛咳嗽一聲，莊重地説：「呃，我必須向大家坦誠交代：我對伯爵女兒身邊的侍女——斯黛拉小姐**一見鍾情**！我希望她能嫁給我！」

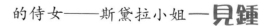

斯皮丁激動得問我：「你願意擔任我們婚禮的證婚鼠嗎？」

就這樣，在午夜的吸血鬼大廳中，

就着**火把**微弱的光芒，斯皮丁

和斯黛拉舉行了**婚禮**。

斯皮丁充滿愛意地將一枚紅寶石

戒指套在新娘手上。

而新娘則贈給她的丈夫一枚刻着她肖像的項鏈

墜。

斯黛拉小姐

她是古老的長翅「蝙蝠貴族」的後裔。她
精通7門語言，會彈奏豎琴，喜愛收集各式各
樣的扇。她一直擔任吸血花小
姐的貼身侍女，長達七年之
久。

婚禮十分温馨，蝙蝠新婚夫婦心心相印，令我羨慕。

我與斯皮丁依依惜別，爬上了馬車，並將水晶棺小心翼翼地安置在馬車中，捆綁得嚴嚴實實，以防它滑落。

隨後，我吆喝着三匹如墨水般漆黑的**駿馬**出發歸去，徑直朝魔力城方向飛奔。

多麼幽暗而美妙的婚禮啊！

身後傳來我忠實的蝙蝠朋友最後的話語：「騎士，請代我向仙女國皇后致意！」

我孤零零一個踏上了**危機四伏**的歸程。但我心中坦蕩，因為我贏得了最危險的挑戰，並圓滿完成了第三次任務。

我終於抵達了**魔力城**……

未受到任何嘉獎的騎士

　　我脫掉吸血鬼的衣服，換上我的鎧甲。我一溜小跑向水晶宮奔去，卻被兩位黑暗塔騎士在門前攔住。他們伸出長矛交叉在一起，牢牢擋住了我的去路。

　　「喂，你是誰，來這兒幹什麼？」

　　「我是正直無畏的騎士，特地來向皇后稟報。」

　　其中一個騎士認出了我，他驚訝得張大嘴巴：「你居然完成了任務？而且居然活着回來啦？」

　　幾位黑仙女步出水晶宮大門，她們裙襬飄逸，發出陰暗的冷笑：「好一個正直無畏的騎士，皇后現在命你速速完成新的使命。這次她命你去取居住在女巫沼澤林中的三個女巫的綠頭髮。」

「現在廢話少說，立刻服從命令！你聽明白了嗎，正直無畏的騎士？」

她們冰冷的語氣深深刺痛了我的心，我默默地將水晶棺從馬車後面卸下來，然後**士氣**低落地離開水晶宮。

但我忠誠於仙女國皇后，這一次我也必須完成任務。

至少，我必須努力完成。

就這樣，我重新踏上了尋找**三個女巫**綠頭髮的旅程……新的歷險在前方等着我！

三個女巫
的綠頭髮

夢想國火車

　　我忙着翻閱《夢想國旅行指南》，查找前往**女巫沼澤林**的路線。三個綠頭髮女亚就住在那裏。

　　以一千塊莫澤雷勒乳酪的名義，那地方真遠哪！

　　幸好還有一部**列車**從夢想國出發，駛經女巫沼澤林……

　　我向魔力城火車站奔去，但當我**擠進**售票大

廳，才發現自己……居然連買一張車票的錢都沒有！

我沮喪地垂下頭。

我忽然發現在熙熙攘攘的精靈、矮人和各等人中，一位神秘的旅客正端詳着我，他身披一件藍色斗篷，帽子遮住了半張臉，只露出一雙炯炯有神的眼睛。

他向我走來，招呼道：「小老鼠，你還認得我嗎？是我啊，你的朋友藍龍！」

藍龍熱情地給了我一個大擁抱：「我跟隨你好一會兒了……我知道你即將出遠門，因此別客氣，把這幾件東西帶上吧！喏，我的藍斗篷、我的鎧甲，還有一袋金幣。對了，這些食物是我的太太梅麗莎送給你的！小老鼠，你並不孤單，我們這些朋友們，會為你平安歸來而祈禱！」

藍龍

藍龍是正直無畏的騎士在第六次漫遊夢想國時認識的朋友。他們歷經重重考驗，成功拿回了火紅寶石和海藍寶石，讓和平重新回歸夢想國。

帶上我的鎧甲吧！

謝謝你，我親愛的朋友！

　　我緊緊地擁抱他：「我永遠不會忘記你為我所做的一切。」

　　他微微一笑：「海內存**知己**，天涯若比鄰！」

　　然後，他向我道別，消失在洶湧的人潮中。

　　我的心頭湧起陣陣**暖流**，原來還有這麼多朋友仍掛念着我，希望我在夢想國一路平安……

請給我一張前往女巫沼澤林的票！

呼嚕！呼嚕！呼嚕嚕嚕！

我來到**售票處**，敲敲窗口。裏面的售票員睡得正香，鼾聲大作——呼嚕！呼嚕！呼嚕嚕嚕！

我叫醒他說：「請給我一張前往女巫沼澤林的票！」

他揉揉眼問道：「呼嚕，是要往返票，還是單程票哇？」

我撓撓頭皮：「什麼意思？」

他嘟囔道：「呼嚕，因為不是每個旅客都能活着從女巫沼澤林回來。我那可憐的表哥阿力仔三年前啟程去那兒，但歸來的……只是一個以郵包寄給我們的盒子，裏面裝着一堆白骨！」

我小聲嘟囔：「這……我希望自己還能回來！」

表哥阿力仔
的骨頭

269

售票員睡眼惺忪地點點頭：「是啊，還是回來好，如果你能的話。否則你就浪費一張返程票的錢了。呼嚕！」

我登上火車，開始認真地閱讀《**夢想國旅行指南**》，它詳細地記載了三個綠頭髮女巫的秘密。

以一千塊莫澤雷勒乳酪的名義，**女巫沼澤林**可真是個**古怪的**地方！

指南中記載女巫神奇的頭髮韌性極佳，比鋼絲還牢固。

火車行進了一天一夜，我終於聽到了報站聲：「前方一站是女巫沼澤林！需要下車的旅客，請注意此地十分**危險**！並非所有旅客都能平安回程程程！！

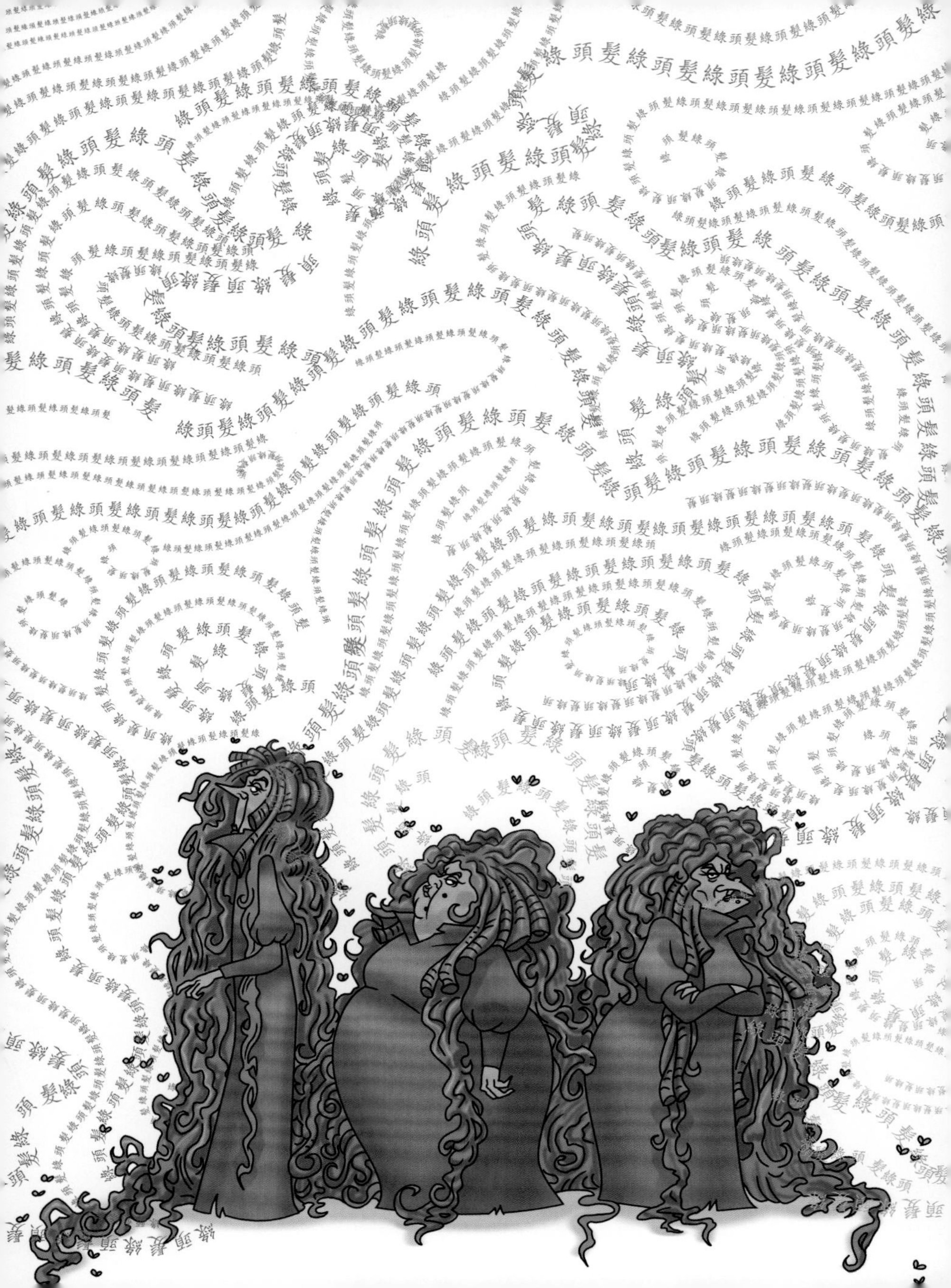

女巫沼澤林

（這裏販賣各種女巫所需之物，包括：會飛的掃把、魔術棒、黑色假髮，還有尖頭便鞋！）

三個女巫的故事

霉球·醜八怪和臭蛋·恐懼婆這對夫妻生了三個女兒。

實際上，恐懼婆早就夢想着生一堆和她一樣邪惡的孩子。話說，在一個月黑風高的晚上，她在樹瘤蛤蟆密布的沼澤地中散步。

蛤蟆們聒噪地叫個不停，恐懼婆歎了口氣，停在一叢長着漿果的灌木叢旁。

她喃喃地說：「哦，我多想生三個又醜又臭的寶寶，希望她們的頭髮像這些漿果一樣綠，像這灌木叢一樣毛躁，臉上長滿和這些美味的蛤蟆一樣的瘤子！」

在她許願時，天空恰巧飛過一顆流星……於是，沒過多久，恐懼婆懷孕了，九個月後，她產下了三個其醜無比的寶寶。她們粗糙的頭髮像漿果一樣綠，鼻子上長滿瘤子！

綠頭髮女巫

　　她們頭髮碧綠，帶有很多小鬈曲，並一直垂到地上。這些頭髮宛如鋼絲般堅韌。

　　三個女巫對她們的「秀髮」十分自豪。對了，她們打從娘胎裏出來就從不洗頭，也不剪頭鬈！

老道婆
三女巫中最邪惡的

口水婆
三女巫中最貪吃的

多嘴婆
三女巫中最喜歡
説閒話的

雞爪屋

我是最後一個在女巫沼澤林下車的旅客。

一下火車，我就注意到前方豎着一塊路牌，上面記錄此地為 荊棘迷宮 入口。

💧 💧💧💧 💧 💧 💧💧💧💧

我趕忙詢問和我一起下車的旅客，看看是否有誰願意和我同入迷宮，但誰也不理睬我，一提到它大家都嚇得發抖。

荊棘迷宮入口

小心荊棘毒刺，上有毒液！

　　我只好獨自摸索進入迷宮。我向前走，向後走，向左轉，再向右轉。在轉了數不清的彎之後，我注意到一處奇怪的**標誌**，並聽到可疑的響動，彷彿有誰在這附近跑來跑去⋯⋯

撲通　撲通　撲通　撲通
撲通　撲通　撲通　撲通！
撲通　撲通！

　　我急忙閃到一棵大樹背後，這才注意到離我不遠處有一座房子。那房子由白骨砌成，幽暗的窗戶呈利爪狀，房屋頂上蓋着一層骷髏頭，房門彷彿利齒一般一開一合！但最令我驚恐的，是這房子居然在

前後左右地 跳動，

支撐房子的是兩隻尖尖的雞爪，上面居然還長着一根根雞毛！我一直靜靜守在樹後，一直等待這房子跳得累了，一動不動地趴在地上，才悄悄地靠近它⋯⋯

入口

荊棘迷宮

答案參見第587頁。

你能幫助謝利連摩找出一條逃出荊棘迷宮的正確路線嗎？

答案請見下冊第587頁。

化妝……和長髮！

　　我縮成一團，悄悄靠近雞爪屋的窗户，窺探屋內的情況……咕吱吱！

　　我看見屋內所有家具都由白骨壘成，而三個女巫就坐在房子正中央！

　　她們打鬈的**頭髮**泛着綠光，一直垂到地面上。那頭髮的長度和**骯髒**程度讓我吃驚得張大了嘴巴！

　　在那骯髒油膩的綠頭髮裏，布滿了肥實的蝨子，成羣結隊的蒼蠅在頭髮上飛舞。

哇呀呀呀呀呀！

　　女巫們的指甲也讓我作嘔！她們的指甲又長又尖，指甲縫裏藏着**污泥**。

化妝…… 和長髮！

女巫們得意地梳理着她們骯髒油膩的「秀髮」，嘴裏發出刺耳的怪聲，哼唱着「**女巫小調**」……

女巫小調

我們的秀髮

是多麼濃密，

可秀髮顏色，

已漸漸褪去。

最好能重新，

染上點新綠。

天知道理髮師，

於何處尋覓？

　　我腦中靈光一閃，立刻有了一個如何拿到女巫**頭髮**的妙計！那就是假扮成理髮師接近她們！

　　① 我拿出藍龍的**斗篷**，從荒野上拾來幾根細細的荊棘刺穿針引線，將它改造成一件理髮師的工作服。

　　② 我採了一些松脂，用它們將樹根鬚黏在一起，做成假的山羊鬍子。

　　③ 隨後，我又用樹皮做了一頂考究的**假髮套**。

　　我壯着膽子敲敲雞爪屋的門。

　　「早安，各位。我名叫妙爪・剪刀手，是位技術高

一件理髮師的工作服……　①

……高貴的山羊鬍子……　②

再加上一頂考究的假髮套！　③

285

明的理髮師……正好經過女巫沼澤林一帶……天知道呢，也許有些顧客會需要我的上門服務……幫助她們變得貌美如花？我還懂得如何做**美甲**哦……」

雞爪屋的門張開一條縫，女巫們發出激動的叫喊聲：「什麼？什麼？什麼？居然來了個會**美髮和美甲**的女巫？」

我喃喃地說：「呃，沒錯……我正是……也許……可能吧！」

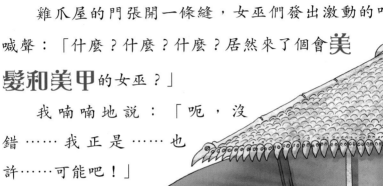

三個女巫連拉帶扯地把我拽進屋內，隨後用鑰匙把門反鎖。第一個女巫命令我：「現在你是我們的理髮師，我命令你留在這兒，為我們準備**染髮劑**，隨後將我們的秀髮**染**得綠油油，再用**捲髮棒**將頭髮燙出大波浪鬈！」

第二個女巫也開始發號施令：「理髮師，既然你還會做美甲，那你乖乖聽着，速速將我的**指甲**染成綠色！」

第三個女巫也不甘示弱：「我還要你給我們準備綠色的**粉底**、敷上綠色的**睫毛液**，再塗上綠色的**口紅**，讓整個世界都被我們的**美貌**震撼！要是你做不到，哼哼……

你就大禍臨頭啦！」

為三個女巫準備染髮劑

三個女巫在爐火上燒了一鍋熱水，嘴裏快活地說：「理髮師，現在該你上場啦！速速行動，休要磨蹭！」

我做的第一件事，就是將燃盡的爐灰聚成一塊肥皂，用它洗乾淨她們的頭髮。以一千塊莫澤雷勒乳酪的名義，她們的頭髮也太髒了！我將蛋白和橄欖油混合在一起，作為護髮素塗在她們的頭髮上！

然後我煮好一壺菠菜汁，將她們的頭髮染成新綠。

隨後我拿起毛刷，在三個女巫頭上各刷三下，並用捲髮棒在她們頭上做出三個大波浪……

燃盡的爐灰聚成的肥皂

橄欖油和蛋白

菠菜汁

會飛的掃帚

這是女巫飛行時所用的交通工具，但品質上乘的掃帚卻十分稀少，最好的掃帚手柄由接骨木製成，這種木頭產自遙遠的接骨木森林！

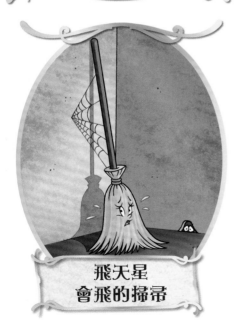

飛天星
會飛的掃帚

當我忙得滿頭大汗時，忽然注意到廚房的一角靠着一把木頭柄的掃帚。她正嚶嚶哭泣：「我再也受不了啦，我真想遠走高飛！」

一個女巫朝她大吼：「閉嘴，靠邊站！你必須服從我們的命令，否則我就把你丟進爐火裏當柴燒！」

掃帚抽噎着說：「嗚嗚，放我回家，你們這些**老巫婆**！」

女巫冷笑道：「哼哼哼，你連路都找不到，如何回得了家？」

掃帚的哭聲更響亮

了：「嗚，要是有誰能為我指條路……我就能回家
了……回到我的王國……我的母親身邊……」

我悄悄尋思，也許她會成為我行動中的盟友，
天知道呢？也許這把會飛的掃帚可以助我一臂之
力……

不過，眼下我來不及思考，因為我必須趕快為
女巫修剪**可怕**的指甲，隨後塗上甲油。

為了剪掉那些粗硬的指甲，女巫們特別恩准，
借給我她們專用的「女巫鉗」，有了它我才能完成
任務！

女巫鉗

它由一種帶魔力的金屬——女巫
銀製成。它造型獨特，主要用途是用
來修剪女巫的指甲和
頭髮。

女巫們可怕的化妝品

蟑螂翅膀製成的眼影

下水道霉菌製成的香水

　　我試探着提議：「我說，要不要……試着變變樣式……只需要將頭髮剪短打薄……再剪一個最流行的髮型……也就是……幹練的短髮……極短的短髮？」

　　女巫們齊聲吼叫道：「不不不不！

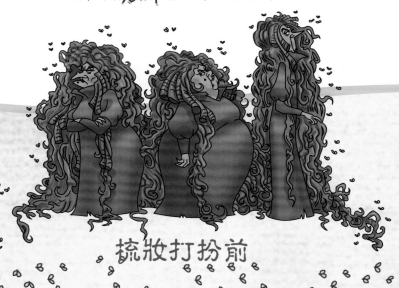

梳妝打扮前

蠍子毒汁磨成
的睫毛液

綠色蠕蟲配
的口紅

木乃伊粉末
做的粉餅

「我們不想剪掉珍貴的綠頭髮。要知道，我們的頭髮堪比夢想國強度最高的**繩索**！」

我失望地歎了口氣。

哎，現在我該怎樣才能完成任務呢？

梳妝打扮後

咔嚓！咔嚓！

我一直工作到深夜。你們想想看，要為三個可怕的怪物梳妝打扮，工作量有多大啊！

真是累死我啦！

雖然在我看來，打扮後的她們看上去形象也沒比之前好**多少**，但女巫們都對自己的新形象很滿意。

老道婆稱讚我：「小伙子，好樣的！你不愁沒工作啦！」

口水婆提議：「我們乾脆僱你為御用理髮師吧！這樣你就能每天**服侍**我們的秀髮了！」

多嘴婆總結說：「現在上牀睡覺吧，理髮師，黎明十分你來叫醒我們，然後幫我們燙頭髮，做美甲。對了，你還要給我們來個面部護理按摩！」

我奉承說：「好的。那麼我們就明天見了，三

294

位美女！」

夜深了……

　　我假裝上牀睡覺，等待女巫們鼾聲四起後，我悄無聲息地溜出卧室……

　　就在此時，一個東西攔住我的路。

　　一把細細的聲音響起來：「是我，飛天星。我下定決心要逃跑，卻不知道如何逃出女巫沼澤林。如果你願意幫我指路，我可以帶你飛上天空。

這樣，我們就能一起勝利大逃亡了！」

　　我答應道：「我很樂意幫助你，不過，首先我必須完成一件事。而且⋯⋯天知道我是否能騎在掃帚上飛行？」

　　她輕輕笑起來：「呵呵，其實很簡單，就算你很笨，也沒問題！」

　　然後，會飛的掃帚隱在窗邊，對我低聲說：「你可要抓緊時間！」

　　我點點頭，對她低聲說：「請在外面等我，現在我要去剪掉女巫的頭髮，隨後速速與你會合！」

　　我操起女巫鉗，因為只有這工具才能剪斷女巫柔韌的長髮，隨後我徑直向鼾聲最響的房間走去⋯⋯

答案請見第587頁。

我慢慢地走近第一個女巫的牀。

咔嚓，我剪掉了她的長髮！

她的頭髮可真長！

然後，我走近第二個女巫的牀……

咔嚓，我剪掉了她的長髮！

她的頭髮可真密！

最後，我靠近第三個女巫的牀……

咔嚓，我剪掉了她的長髮！

她的頭髮可真結實！

我手裏拿着這些神奇的綠頭髮，轉身剛要走，不小心將女巫鉗掉在地上……發出刺耳的聲響！

女巫們被驚醒了，她們尖叫起來：「誰啊？膽敢剪掉我們的頭髮？」

哎喲……

乒乓乒乓乒乓乒乓！

接着，她們瞥見了我，發出狂怒的叫喊：「雞爪屋，我們命你速速咬住這個可惡的理髮師，揪掉他的鬍子，剝掉他的皮！」

我飛快跳出窗外，**飛天星**正在那兒等着我呢……

我戴上藍龍贈給我的頭盔，一下子躍上掃帚，幾秒鐘內我已經飛上了高空！

我死死抓住掃帚柄，發出驚慌的叫喊：「我還不知道怎麼駕馭會飛的掃帚帚！」

哇呀！

救命！

怎樣剎車？

和會飛的掃帚——飛天星 一起漫遊天空

飛天星起飛的動作十分敏捷，而女巫則站在地面高聲叫罵：「你這個不知好歹的理髮師，我們已經告訴你『只染不剪』啦！你竟敢剪我們的頭髮？看我們不生吞活剝你！」

雞爪屋用力向上蹦跳，兩隻爪子從窗子裏向上拼命抓撓，試圖逮住我們！

但已經太遲啦，我們已飛上廣闊的夜空，與繁星為伴，自由地翱翔。

飛天星問我：「那麼，我們接下去該往哪個方向走，才能抵達魔力城？」

我翻出《夢想國旅行指南》，為她指路：「往這個方向走，飛天星！一直朝左，就是仙女國的方向！」

你能找出圖中有多少
個小仙子在悄悄跟隨
騎士和飛天星嗎？

向仙女國出發！

故事還有頁第588頁。

飛天星的故事

　　我以前是飛天星公主，居住在萬林國的接骨木森林中。

　　在森林裏，生長着茂密粗壯的接骨木。這種木頭是製造夢想國最高級的飛天掃帚的原料。

　　我是這片森林皇后的女兒，從小生活無憂無慮。可是，和所有年輕人一樣，我的性格叛逆而不安分。

　　於是，有一天，在和母親爭吵後，我離家出走了，追尋我熱愛的自由。可是，嗚嗚嗚，我很快迷路了，並開始胡亂地飛行，突然地面上伸出一隻利爪，將我從空中抓了下來……抓住我的就是雞爪屋！我就這樣成為了女巫的奴僕。哦，我真後悔！由於自己的輕率和魯莽，我失去了原本幸福的生活……

在我們一路飛行時，飛天星向我講述了她的身世，並告訴我：「這就是我的故事，騎士。在送你到魔力城後，我要第一時間飛回故鄉，飛回媽媽的身旁……家……

……哦，這個詞如今對我來說，是多麼甜蜜的字眼！」

我們飛啊飛啊，直到身邊夜空中的繁星換成了朝陽的縷縷霞光。

這時候，如果你抬頭望向天空，一定能看到十分奇異的景象……

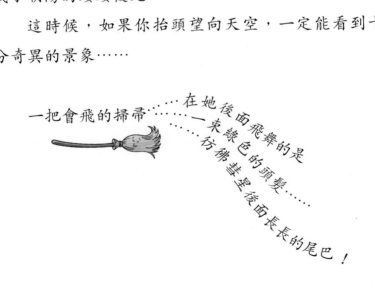

一把會飛的掃帚……在她後面飛舞的是
……一束綠色的頭髮……
……彷彿彗星後面長長的尾巴！

返回魔力城

　　我們飛行了一整天，直到黃昏時分，見到**魔力城**出現在地平線上。

　　我們平安着陸後，我仔細地把藍龍斗篷上的蝴蝶結繫在飛天星的掃帚柄上。

　　「現在你看上去**很美**！」

作為回報，飛天星給我渾身上下來個「大掃除」，誰讓我在飛行中沾了一身星塵呢！

她與我告別，飛上高空，我站在地面向她揮手，直到她的身影消失在夕陽的晚霞中。

我真心祝福她幸福平安，正如我祝福所有在夢想國旅行中幫助過我的陌生人。而在夢想國的歷險，是我一生中最險惡的旅行。

我將星塵收集在一塊手帕中，它們的光芒十分璀璨！

我摘掉假扮理髮師的服飾，再一次徒步前往水晶宮。

星塵

它稀有又珍貴，是夢想國中最璀璨的物質：只需要一小撮，你就可以照亮任何地方！

呱呱！

就在此時，一個匣子砰地砸在我腦門上，從裏面彈出一卷帶着 **芙勒迪娜** 封印的藍色羊皮卷。上面寫着滿滿一頁夢想語，我吃力地翻譯起來……

一隻大烏鴉在我頭上盤旋，不耐煩地嚷嚷：「喂，就是你，你這個呆頭呆腦的騎士，我是硬毛鴉——皇后顧問 **妮菲娜** 的貼身隨從！仙女國皇后芙勒迪娜命你速速出發，尋找羊皮卷上指定的寶物，這就是你最新的任務！還有，芙勒迪娜命你速速將女巫的綠頭髮交給我！」

砰！

哇啊！

你能讀懂上面寫了什麼嗎？
請參照第585頁的夢想語詞典！

我的鬍子痛得**直抖**，但只好乖乖地將女巫頭髮交給硬毛鴉。

另外，我掏出由好朋友大百科全書第一冊贈給我的**羊皮卷**，蘸上鵝毛筆薇迪亞送給我的**墨水**，認真地給芙勒迪娜寫了一封問候信。

我請硬毛鴉代我轉交此信後，便再一次踏上新的旅行，尋找新的寶物——石頭面具。

我剛邁開步子，晚風傳來硬毛鴉說的最後幾句話：

「我給你提個免費的建議，就是你從哪裏來，趕快回到哪裏去。要是你還在夢想國逗留，等待你的只能是霉運！呱呱呱！」

石頭面具

石頭面具的秘密

　　我不止一次翻開《夢想國旅行指南》，翻到講述**石頭面具**來歷的那一頁……

　　多少回憶湧上心頭！

　　在我第三次漫遊夢想國時，曾親眼見過這枚石頭面具。

咕吱吱，
噩夢國好可怕！

女巫國皇后
斯蒂亞把芙勒迪娜
關押在……

當時的經過是這樣的，女巫國皇后**斯蒂亞**綁架了**芙勒迪娜**，將她關押在靈夢國。斯蒂亞把芙勒迪娜交給了自己的哥哥，冷酷無情的靈夢國國王——**鐵石心**。可是，鐵石心的心靈逐漸被芙勒迪娜感化。

為了放走芙勒迪娜，鐵石心不惜與自己的妹妹斯蒂亞決鬥，並贏得了勝利。

鐵石心不惜與自己的妹妹斯蒂亞決鬥……

最後，那個一直戴在他臉上的石頭面具爆裂開來，碎成兩半……

一直戴在鐵石心臉上的石頭面具爆裂開來，碎成兩半，從此靈夢國的國王成為一位正直善良的人。他與芙勒迪娜**相愛**，步入婚姻殿堂。最後，鐵石心改名為喜樂多……

　　　　我回憶着這段往事，不禁唏噓萬千。咕吱吱，如果我沒有記錯，石頭面具當時已**碎**裂成兩半……但我翻看《夢想國旅行指南》時，不禁大吃一驚！

　　原來，芙勒迪娜發現那兩半神秘的石頭面具不斷試圖重新

合 在 一 起 。

憂心忡忡的芙勒迪娜將面具託付給自己的叔叔——**魔法師滔天伯**來保管。他住在光芒湖湖底的一座城堡——漣波堡中。

石頭面具

　　石頭面具由無臉女巫尼瑪採集絕望峯上的花崗岩製成。無論誰戴上它，都會立刻變得邪惡！

　　儘管石頭面具裂成兩半，但它的魔力十分強大，以至於兩片面具彷彿遭神秘力量驅使，不斷試圖重合在一起。

　　於是，芙勒迪娜將面具託付給自己的叔叔——魔法師滔天伯來保管。他住在光芒湖湖底，那裏沒有日出，也從無日落……這片湖正是夢想國神秘之地中的一處！

我合上《夢想國旅遊指南》，鬍鬚因焦慮而**顫抖**不停。咕吱吱，如果石頭面具真的存放在**湖心**最深處的城堡中，我該如何抵達那裏呢？

嗚嗚嗚！

神奇的金魚

經過一天一夜的跋涉，我的雙腳終於踏上了一塊神秘之**地**，身旁波光粼粼的就是……

光芒湖？

我沿着湖岸行走，只見湖水形成一層層**波浪**，不斷拍打着岸邊的礁石。嗚嗚嗚，面對眼前深不可測的湖水，我該如何潛入湖**底**呢？

　　我正在湖邊漫步時，瞥見一條碩大的魚擱淺在岸邊，身上纏着一張漁網。

　　他的魚鱗如雪花般潔白，兩隻眼睛彷彿春天晴空般蔚藍……

　　而令我驚訝得合不攏嘴的是，這條魚的魚鰭散發出黃金般的光芒！

　　那可憐的魚兒絕望地撲騰着，但漁網將他越纏越緊。

　　他看到了我，大聲呼救：「啊，遠道而來的異鄉客，求求你幫幫忙，幫我掙脫這張網！」

　　我應允他：「我這就來幫你！」

　　我奔到魚兒身邊，咬破了纏在他身上的漁網，於是他終於……

自由啦！

金魚

　　外表奇特的神秘生物，歌聲十分甜美，他
的壽命可達千年之久！

　　隨着歲月的增長，他的體形越發龐大，身
上金色的鰭也越來越豐滿，這讓他的價值與日
俱增！

　　因此，許多漁民架起漁網和陷阱，試圖捉
住他，來獲取他身上金色的鰭！

這條魚並沒有游走，而是在波浪中歡跳雀躍，唱起了銀鈴般悦耳的歌聲：

「謝謝你剛才救了我，
現在該我回報你！
請講吧，有什麼可效勞？
請説吧，沒什麼大不了⋯⋯
只要我能力可達到，
定會將你恩情報！」

我滿懷希望地説：「謝謝，我的魚朋友！我現在必須前往漣波堡！」

那金魚又唱道：「來吧，我的朋友，騎到我背上，跨上我的鰭，抓住我的鬚！」我躍上魚背，他咕嘟一聲帶我潛入水中。

夢想國的海洋和湖泊是如此神奇，儘管我身處水底，仍可以自由呼吸⋯⋯

光芒湖

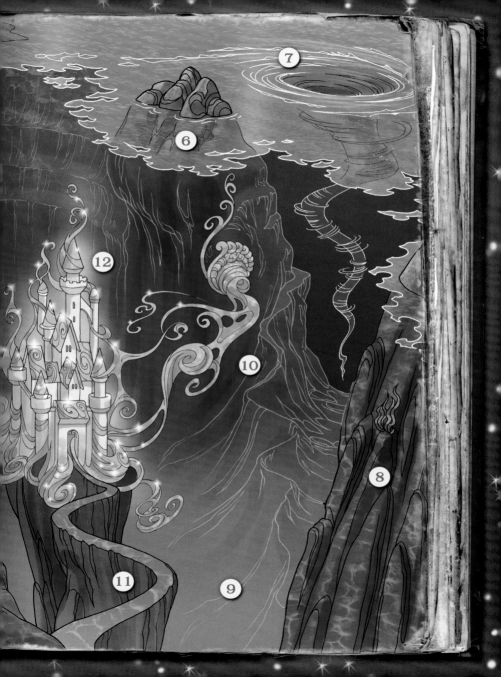

光芒湖

　　我騎在金魚背上，潛入一條大龍蝦形狀的深溝，接着又穿過一塊巨大的鯉魚形狀的**礁石！**

　　我們越過一座宛如無數個巨大泡泡堆起的山峯……抵達了迷魂礁，只有方向感極強的行者才能成功繞開這礁石……

　　我們再躲過了可怕的旋渦流，在抵達下一處坐標——無盡深淵前，我感覺到身邊湧動着一股水晶般清澈的暗流……

原來，這就是傳說中的漣波流！

　　金魚在我耳邊大聲提醒說：「快，抓緊了！騎士！在這股水流的下方，正是漣波堡所在之地！」

他帶着我一個猛子扎進湍急的暗流中，開始螺

旋狀地不斷下潛，沿着無盡深淵向下⋯⋯

答案請見本書第588頁。

原來這裏就是澎波堡！

你能找出
圖中有多少
條魚嗎？

暗流裏挾着我們
向湖底遊去，那
裏如月食般的
黑暗。

　　這裏正是無
盡深淵，一個**太陽**永不升起，
也無從落下的地方！金魚向我指指
不遠處的一座城堡……全部用水構成
的城堡！

　　我翻開《夢想國旅行指南》，確認它就是……

漣波堡！

漣波堡

　　它位於光芒湖湖底，是魔法師滔天伯的住所。他是古老的仙人後裔，也是仙女國皇后芙勒迪娜的叔叔。

　　整座城堡坐落在無盡深淵的底部，由極其特殊的水流構成。這股水流自然形成牆垛、天花板、燈具以及各種其他形狀。除此之外，這股水流在漆黑的湖底散發出燦爛的光芒，彷彿具有神奇的能量，將整個城堡照得通明，並保持城堡內部溫度適宜。

　　散發邪惡能量的石頭面具，就鎖在城堡中七個牢固的保險箱內……

漣波堡！

　　兩條鯰魚搖頭晃腦地向我們游來：

　　「咕嘟，你們是來**拜訪**滔天伯的嗎？咕嘟咕嘟咕嘟！」

　　他們認出金魚的尊貴身分，禮貌地說：「我們會領你們去見滔天伯！」

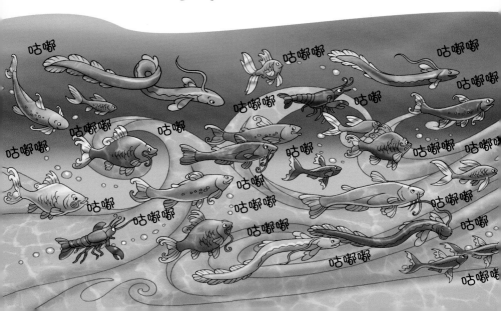

　　所有的魚兒都排成兩隊，在我們身旁列隊護送，一邊吐出無數個泡泡一邊議論紛紛：「咕嘟，他就是神秘的**金魚**，據說是一種傳奇的魚類！咕嘟，騎在他身上的是誰啊？咕嘟，莫非是**正直無畏的騎士**？」

　　我試圖擺出勇武威猛的架勢，並雄赳赳地穿過了一道**凱旋門**！可當大門敞開，我瞥見這座奇怪城堡的內部時，不禁將嘴巴張得滾圓，因為……

漣波堡

1. 冥想室
2. 圖書館
3. 會客室
4. 廚房
5. 密室
6. 皇冠寶座室
7. 接待大廳
8. 魔法師房間
9. 藍泡泡樓梯
10. 兵器收藏室
11. 入口處

整座城堡的大門，房頂和地板，通通都是水做的！

城堡的天花板上，懸掛着**水**做的吊燈，

上面插着水形成的蠟燭，牆壁上湧動着**水**集合成

的畫作，而我腳下踩着的地板，居然也是**水**製的！

水流形成了家具、牀、牀單、

碗碟、刀叉和城堡裏的所有家具！

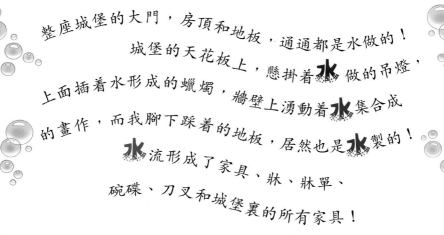

魔法師滔天伯

他是仙女國皇后芙勒迪娜的叔叔，和她一樣屬於古老的仙人族——夢想國中血統最純淨的部落，也是整個王國的統治家族。

他的眼睛具有穿透力，能一眼看穿你的內心，而他的話語能洞察心性。

一扇**水**做的大門敞開了，**水**織的簾幕緩緩拉開，露出水做的寶座，上面坐着……

魔法師滔天伯！他的膚色呈現出微透明的青色，天藍色的長髮如**波浪**般鬈曲。他身穿海帶編成的長袍，上面綴滿**珍珠**。頭戴尖頂禮帽。

我向他自我介紹：「呃，我就是正直無畏的騎……」

他揚揚左**眉毛**：「我知道。」

我繼續說：「我來這裏的目的，是為找到石頭……」

他又揚揚右**眉毛**：「我知道，都知道。」

我接着介紹：「那個面具是仙女國皇后芙……」

他揚起**雙眉**，歎口氣說：「知道，知道，都知道！我唯一不知道的，是為什麼我的姪女芙勒迪娜想要一件如此邪惡之物。」

他的脖子上掛着一串項鍊，上面拴着七串**水**做的鑰匙。他用七串鑰匙分別打開了七個環環相套的**水**鑄保險箱。

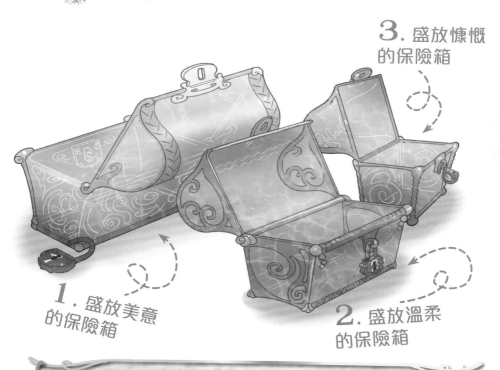

3. 盛放慷慨的保險箱

1. 盛放美意的保險箱

2. 盛放溫柔的保險箱

七個保險箱

它們由仙女們製成，用來鎖住石頭面具。為了對抗石頭面具散發出的巨大邪惡能量，仙女們在每個保險箱內存入一種美德，並以這種美德來命名保險箱。

他打開第一個保險箱，隨後是第二個保險箱，接着是第三個保險箱⋯⋯

隨後是第四個保險箱、第五個保險箱、第六個保險箱和第七個保險箱。

在最後一個保險箱內，放着一個盛滿水的花瓶。**石頭面具**靜靜地漂浮在水中。

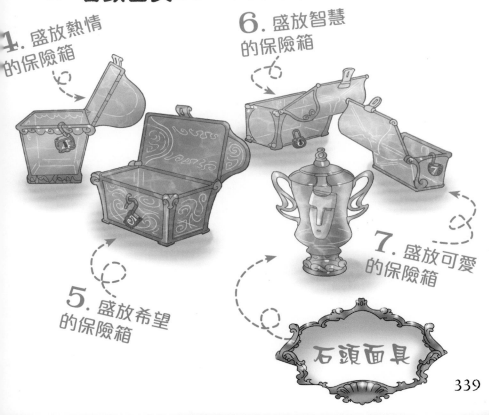

1. 盛放熱情的保險箱

6. 盛放智慧的保險箱

7. 盛放可愛的保險箱

5. 盛放希望的保險箱

石頭面具

比毒蠍更危險

滔天伯鄭重地將花瓶遞給我，同時交給我一把 **水** 做的鑰匙。

我握緊鑰匙，並用顫抖的手爪接過花瓶。可我的手指剛掠過花瓶表面，就立刻感受到一陣 **電擊**。由此可見，瓶中這個面具傳遞出的負能量有多強大！

魔法師滔天伯久久注視着我的雙眼，他撫摸着藍色的鬍鬚，歎了口氣：「別擔心，**騎士**。你的個性**正直又無畏**，這個面具不會在你身上起作用。不過，你要小心，因為這是一個**邪惡**之物，請一定要直接交到芙勒迪娜的手中。我建議你立刻啟程返回仙女的**水晶宮**。因為你手中緊握之物，比毒蠍還要危險！我拜託你，囑咐你，懇求你……

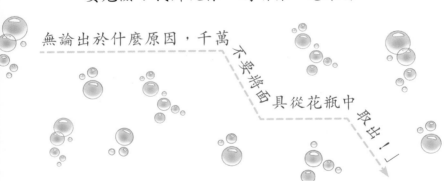

無論出於什麼原因，千萬不要將面具從花瓶中取出！

　　我向他保證：「我將立刻啟程回水晶宮，並決不會在途中打開花瓶。」

　　滔天伯又一聲歎息：「你服從芙勒迪娜的命令沒錯，但我真不明白她要如何處置這石頭面具。」

說老實話，我很為她擔心。

他拜託我：「騎士，請一定當面轉告芙勒迪娜，我永遠站在她一邊。」隨後他與我道別，並吩咐金魚將我送回仙女國的疆域。

我的腳爪終於重新踏上了地面。

什麼？門居然鎖了？

我想是的！

難以置信！

我和你說的沒錯吧！

我真不明白！

什麼？

怎麼

我與金魚依依惜別，隨後小心翼翼地捧着**石頭面具**，向水晶宮走去。我簡直等不及要將它交給芙勒迪娜啦！可當我抵達水晶宮時，發現大門……~~緊鎖~~了！

你們試着敲門了嗎？

沒有誰應答！

謝絕探訪！

哎喲！

好古怪！

我敲敲門，一個聲音從門內尖叫說：「誰啊？」

「我是**正直無畏的**……」

大門突然開了一條縫，一把聲音命令道：「趕快把石頭面具給我，趕快快快！」

我把浸着**石頭面具**的花瓶遞過去。

從門內伸出一隻手爪，一把將花瓶搶走，隨後將一卷帶着芙勒迪娜紋章的羊皮卷塞給我：「皇后殿下命你速速啟程，去尋找羊皮卷上所寫之物，這將是你的下一項任務，現在你必須立刻出發！」

話音剛落，宮門「**砰**」地一聲關上了。「砰」「砰」

我攤開**羊皮卷**，費力地翻譯着上面用夢想語書寫的文字。

你能讀懂上面寫了什麼嗎？
請參照第585頁的夢想語詞典！

隨後我踏上了又一次征程：我服從皇后的命令，這次也不例外……

　　可我真心希望，這次任務是我**最後一次**

　　我垂頭喪氣地**拖**着步子，向我下一個旅程出發，去尋找糾纏難解之鏈。

　　我的命好苦啊，又一項**危險**的使命等候着我！

　　天知道我能否……

活着歸來？

糾纏
難解之鏈

斜眼盜克船長

我翻開《夢想國旅行指南》，尋找下一件**寶物**的所在位置。糾纏難解之鏈位於……

夢想國的又一處神秘之地！

為了抵達巨獸峯，我必須想辦法登上魔力城港口的一條船，前往位於**美人魚海**入海口的夢想河。從那裏有海路通往巨獸峯……天知道前路有多**危險**！

巨獸峯

　　根據傳說記載，這座
山上居住着巨龍葛蘭
特。相傳巨龍身上佩
帶着夢想國最珍貴
的寶物之一——糾
纏難解之鏈。

　　但誰也沒登上過險峻的
巨獸峯，誰也沒見過巨龍葛蘭特的真面貌，
因為迄今為止，沒有誰敢踏上這塊未知領地。

　　天知道誰會是第一個踏上這片土地的勇
士？天知道他是否能活着走出來呢？

巨獸峯

遺憾的是，書中對巨龍萬蘭特的記載很少，只草草交代他的體形……

十分巨大！

我動身前往**魔力城**港口，該港口有船通往仙女湖，再從與仙女湖相連的夢想河駛向美人魚海。

港口停泊着一艘雙桅帆船，船身刻着幾個大字：「**無懼號**」。

斜眼盜克船長

這個狡猾的矮人現在是雙桅帆船「無懼號」的船長。他之前曾在仙女國皇后之忠實信使、會說話的帆船——阿齊亞上工作，因行為不誠實而被驅逐。

　　我抬頭望見船長——名叫**盜克**的皮膚黝黑的矮人。

　　「呃……船長先生，我要前往巨獸峯，因此……」

　　船長上下打量着我，目光集中在我身上由好友**藍龍**贈送的帥氣鎧甲上。他向我揮揮手：「上甲板吧，老鼠（天知道你能活着回來嗎？）我正是從那片區域（鬼知道在哪裏）航行過來的……不過，我的船票很貴的！（若是拿你來抵就不貴啦！）」

　　我乖乖上船了，難道我還有其他選擇嗎？

　　作為交換，**盜克船長**要拿走我的銀鎧甲。

　　我大聲抗議，這並不僅僅是因為**銀鎧甲**價值遠遠超過船票，更重要的是因為那是我的朋友藍龍贈給我的禮物啊！

　　但我身上一文錢也沒了，只能將鎧甲拱手給他，留給自己的就只有一頂**刻**着藍龍名字的頭盔。若有一天我遇到藍龍，

一定會親自向他道歉，因為我當時別無選擇。

　　盜克滿意地接過鎧甲，遞給我一件滿是補丁的**破衣服**，我將它穿上身，我們就這樣啟程了。

　　我們沿着仙女河順流而下，抵達**美人魚海**的入海口。

　　進入這片大海後我們途徑一個個只在傳說中聽聞過的神奇國家，因為從未有誰踏上過他們的領土……突然，我們遭遇到猛烈的暴風雨……

我真可憐！

我的暈船症發作啦！

　　我們繞過一道道旋渦，劈開一道道**巨浪**，直到我們抵達了一片……

濃霧瀰漫

的海域……

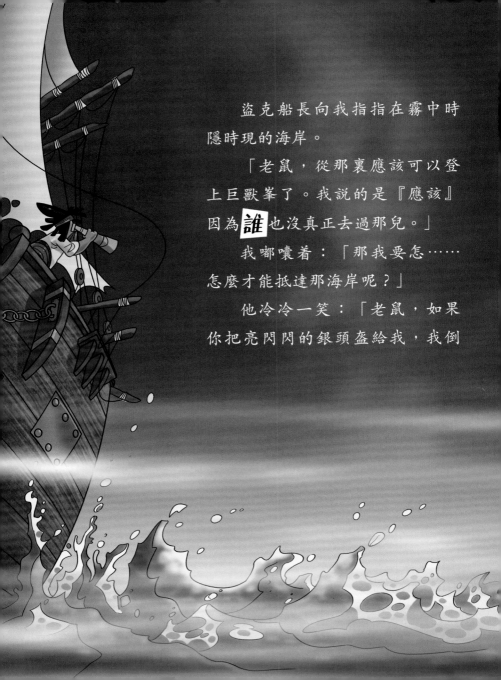

　　盜克船長向我指指在霧中時隱時現的海岸。

　　「老鼠，從那裏應該可以登上巨獸峯了。我說的是『應該』因為誰也沒真正去過那兒。」

　　我嘟囔着：「那我要怎⋯⋯怎麼才能抵達那海岸呢？」

　　他冷冷一笑：「老鼠，如果你把亮閃閃的銀頭盔給我，我倒

是可以撥一隻**小艇**給你，不然的話⋯⋯你就只能游泳上岸啦！」

我滿含**苦淚**，將藍龍的銀頭盔遞給他。隨後，登上小艇，奮力向岸邊划去⋯⋯

划呀划，划呀划，划呀划。

咕吱吱

烈火迷宮

我駕着小艇在浪谷間翻騰，多虧朋友寄居蟹送給我的**指南針**，我在濃霧中找到了正確的方向。儘管海面上**狂風大作**，我仍然成功登岸……而且，還活着！

可巨龍葛蘭特在哪兒呢？我該怎樣抵達巨獸峯呢？我好奇地翻開《夢想國旅行指南》……

我還活着！

巨龍葛蘭特

在巨龍用銀色稻草鋪成的巢穴中，藏着一件珍貴的寶物——糾纏難解之鏈。他是夢想國體型最巨大的龍，身材像山一樣高，因此他所居住之地，被稱為……巨獸峯！

據說很久以前，他有一位太太，同樣體型龐大的，但她被女巫國的皇后綁架了，後來不知所蹤……

我在一條小岔了路，一個鼠啃泥，不知前方還有什麼危險等待著我……唉吱吱！

① 突然間我瞥見一塊古怪的標語牌：「此方向通往巨獸峯。但你當真要去嗎？」看到這個，我感到十分**驚訝**。

什麼？!

此方向通
往巨獸峯。
但你當真
要去嗎？

1

②　我繼續向前，直到我看見第二塊標語牌，「你正在通向巨獸峯的路上，可你當真當真要去嗎？「看到這個，我感到⋯⋯極度**擔心**！

③　沒過多久，我又看見一塊標語牌：「注意！你已經抵達了巨獸峯。現在你後悔也來不及啦。算你倒霉！」

　　看到這個，我感到⋯⋯

極度恐懼！

　　就在這時，我面前聳起一座山峯，高得幾乎能觸到雲朵。

　　原來，這山峯是**巨龍**纏繞的身軀，皮膚如翡翠般碧綠⋯⋯

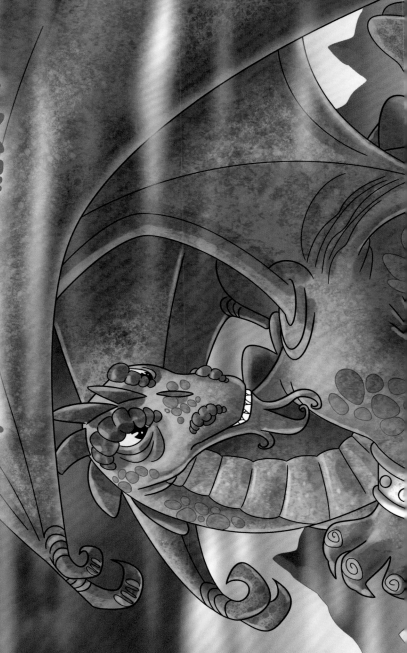

巨龍的眼睛

這條龍的爪子也十分巨大

這條龍的腳掌也十分巨大！

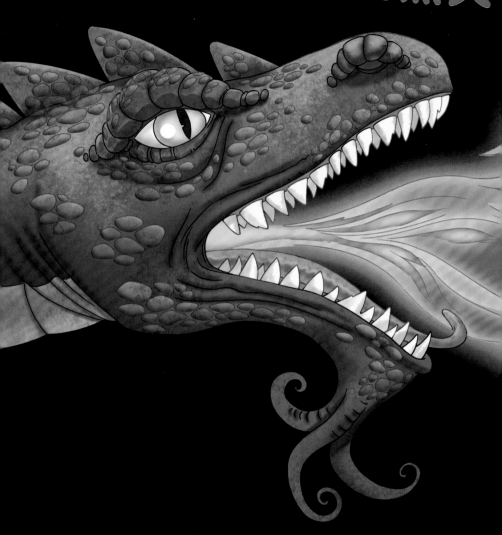

……巨龍噴出的烈火

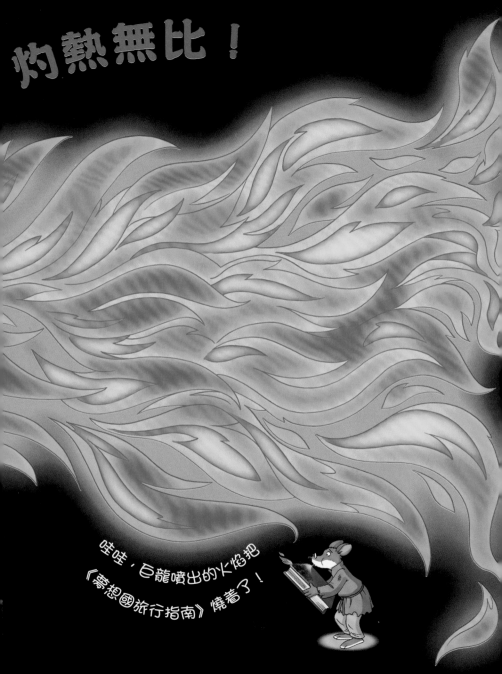

答案參見第588頁。

你能幫助謝利連摩走出烈火迷宮嗎？

老鼠的氣味！

幸運的是，巨龍總算停止了噴火。我趕忙使勁向《夢想國旅行指南》的書皮上吹氣——為了吹滅它上面的火苗！

我手忙腳亂地吹滅了火星，可是《夢想國旅行指南》的最後幾頁依然被烤焦了，上面的內容也永遠不見了！嗚嗚嗚！

但我根本來不及懊惱，因為巨龍碩大的腦袋朝向我，嘴裏發出雷鳴般的吼聲：「你在找什麼？」

隨後，他追問說：「如果你敢來這兒，一定有什麼目的！」

他龐大的身軀如蟒蛇般向我挪動而來，他伸出長長長長長長長的脖子，

呼～噗噗！！

將我聞了個遍：「老鼠的氣味！你當真是個小老鼠？」

　　我緊張得全身顫抖地説：「沒錯，我的確是個小老鼠，希望這不會冒……冒犯到你，呃，巨龍先生！」

　　他舔舔嘴唇説：「哦，當然不，我葛蘭特對老鼠並不反感，相反，我喜歡歡歡歡歡歡歡歡得很呢！我喜歡烤着吃、炸着吃、煎着吃、串着吃，生吃也行！老鼠肉最鮮啦！」

　　我渾身顫抖起來，對於一個小老鼠來説，沒有

什麼比這樣的回答更令我**恐慌**啦！站在我面前的龐然大物，居然稱自己**十分**喜愛鼠肉！

巨龍的問話彷彿雷鳴般響亮：「老實回答我，小老鼠，乖乖講實話！因為巨獸峯上的葛蘭特可不喜歡聽謊話。你為什麼來到這兒？」

我從鼻子尖一直**抖**到尾巴根，含混不清地着說：「呃……其實……我是想來拿樣東西……糾纏難解之鏈！」

巨龍大吼一聲：「你這狡猾的老鼠，居然還想拿走金鏈？要想得到它，你必須猜出我的四個……

龍之謎語！

小老鼠的回答

　　有一天，一條飢腸轆轆的巨龍，撞見了一隻小老鼠。

　　巨龍已經餓得眼冒金星，恨不得生吞了小老鼠。因此，他發話了：「小老鼠，我現在就要吃掉你！」

　　小老鼠狡黠地說：「哦，威猛又飢餓的龍先生，我自知死期已到。然而，我希望自己能選擇死法……」

　　巨龍餓得腦子也快短路了，不假思索地說：「小老鼠，那你就快選吧！要知道我快餓死啦！你是想被烤死、被碾死、被砸死還是怎麼死？告訴我你的選擇，我一定滿足你的願望！」

　　小老鼠做出了回答……

　　並得以挽救自己的性命！

　　你知道他的回答是什麼嗎？

答案參見第588頁

1

矮人之樹

在這棵樹上，你能看到多少個矮人的臉？

一條龍有多少隻爪子？

答案參見第588頁

請仔細觀察這條龍……牠有多少隻爪子？

兩仙女之杯

請仔細觀察這張圖，你看到了什麼？
一隻杯子……還是兩位仙女的臉？

答案參見第588頁

銀窩中的金蛋

　　巨龍冷笑說：「小老鼠，還不速速回答，看我不把你的骨頭都嚼碎！我可是**餓得前胸貼後背嘍！**」

　　巨龍將一隻盛滿金沙的沙漏擺在我面前。

　　「小老鼠，這沙漏流逝的時間，就是我給你來思索謎底的時間，一分不多，一分不少，以我巨龍葛蘭特的名義起誓！」

我想啊，想啊，想啊，最後我告訴他：「我猜出了所有**龍之謎語**的謎底！」

　　我一個接一個地說出了四個謎語的謎底。

　　你們猜到龍之謎語的答案了嗎？
　　答案請參見第588頁。

　　萬蘭特不情願地承認：「小老鼠，好吧，也許，可能，總之，你的答案全部正確！我不得不承認，你是個**機靈**的小伙子。現在，我可以放心將寶物交給你……」

　　萬蘭特龐大的身軀向一旁移了移，在他身下露出一個銀色稻草鋪成的巢穴，我看到裏面躺着一枚巨大**金蛋**！

　　巨龍掀起手爪，擊破金蛋，將蛋殼全部撥開，裏面赫然露出讓我大吃一驚的……

糾纏
難解之鏈！

糾纏難解之鏈！

這條鏈是心靈手巧的礦工矮人為黃金國皇后多羅茜打造而成的。為了使金鏈熠熠生輝，矮人們用一面巨大的鏡子採集盛夏八月中午熾熱的陽光，等到太陽光全部聚集在一點時，就用陽光來熔煉大鍋中的黃金。

多羅茜將黃金打造的鏈條交給巨龍葛蘭特保管，該鏈具有無盡的法力。為了讓它顯靈，只需要唸出幾句咒語：**「金鏈，以力量的名義，我命令你纏起！」**

我驚歎地望着這神奇的金鏈，它就像陽光一般閃閃發亮！

巨龍伸出巨爪拿起金鏈，放在我掌心，並告訴我說：「小老鼠，若想讓它顯靈，只需要唸出幾句咒語：

「金鏈，以力量的名義，
我命令你纏起！」

哇哦，好神奇的金鏈！

一旦這金鏈糾纏在一起，
沒有誰能解開它！

我向他道謝說：「非常感謝，葛
蘭特先生，我一定會親自將它交到
偉大的皇后手中。」

他低頭致意：「祝願**芙
勒迪娜**萬壽無疆！如果金
鏈是為她所用，那我倒是心
甘情願的。」

我們雙雙陷入沉默，心中
想着夢想國全體居民牽腸掛肚
的仙女國皇后。

隨後我說：「那麼，我就告辭了……」

他大聲嚷嚷道：「**走吧走吧走吧**，
難道誰會要你陪，你這個小老鼠？反正我一
直獨自住在這兒，就我一個也過得不錯！不
用你操心！」

恰恰在這時，我注意到巨龍一側
的臉頰腫了，趕忙問：「怎麼了，
你**牙痛**嗎？」

謝謝你！

他哼哼道：「你在說什麼啊，小老鼠！哎喲喲喲，我葛蘭特從不知道什麼叫痛！」

　　他在我面前擺出一副無所謂的姿態，可我清楚地聽到從他喉嚨裏發出痛苦的**呻吟**：「哎喲！」

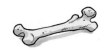

食肉魔大餐

　　巨龍歎了口氣：「小老鼠，我承認，我有一顆牙齒**痛**。」

　　我提議說：「唔，張開嘴讓我看看吧！」

　　他張開宛如火爐般的**血盆大口**，讓我心驚膽跳。

　　他甚至可以一口吞下我！

　　但既然我已許諾幫助他，我就將頭伸進他的大嘴中，一顆接一顆地仔細查看他的**牙齒**。

　　這些

　　牙齒

　　碩大無比！

　　我並不是**牙醫**，不過，我一眼就發現了，在兩顆牙當中的牙牀腫得十分厲害，而牙縫間插着一根**骨刺**！

　　我解下腰帶，將它繫在骨頭上，使出全身的力氣**拔呀，拔呀，拔呀，**直到⋯⋯

　　「**噗！**」的一聲，那根骨刺被拔出來啦！

菊花

巨龍向我道謝：「謝謝你，小老鼠！那根骨刺是我上一次飽餐食肉魔時不小心留下的⋯⋯食肉魔的味道真不錯，但他們的骨頭很尖利⋯⋯」

我摘來幾朵菊花，將它們放在水中蒸煮再用紗布包好，便把它敷在巨龍的牙牀上，用來消炎止痛。

葛蘭特大聲宣布：「小老鼠，我真的很感激你的幫助！

從此，你和我是朋友啦！

作為回報，我送給你三件龍族的禮物⋯⋯」

三件龍族的禮物

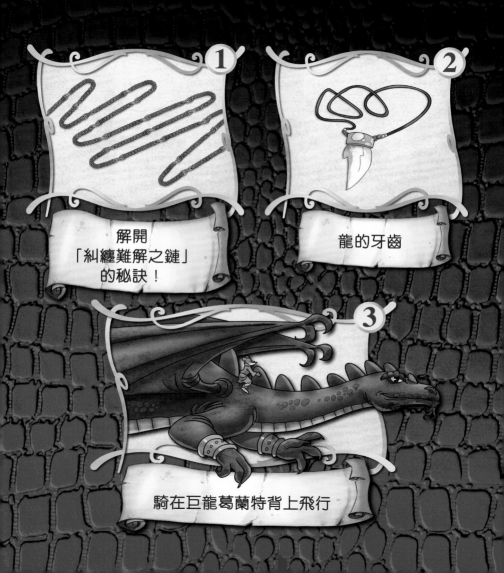

1. 解開
「糾纏難解之鏈」
的秘訣！

2. 龍的牙齒

3. 騎在巨龍葛蘭特背上飛行

讓金鏈緊纏的口訣：
「金鏈，
以力量的名義，
我命令你纏起！」

讓金鏈解開的口訣：
「金鏈，
以友誼的召喚，
我命令你解開！」

僅僅知道讓金鏈緊纏的口訣是不夠的，更重要的是要知道解開金鏈的秘訣⋯⋯而這一秘訣正是維繫友情的秘密，如同金鏈般將兩位朋友聯結在一起的，並不是強大的力量，而是真心的友情！

第二件龍族禮物

龍的牙齒！

無論是誰，哪怕他膽小如鼠，只要佩帶上龍的牙齒，他就會獲得勇氣！
只需用左手的大拇指和食指將龍的牙齒擦亮，然後用右手小拇指將它塞入耳朵，伸出舌頭，再跺三下右腳，又跺三下左腳……之後，要眨眨雙眼！

第三件龍族禮物

快如閃電的飛行……

騎在巨龍葛蘭特的背上！

大鐵門

　　巨龍一直載着我飛回**魔力城**。「再見了，小老鼠。我拜託你在見到我們偉大的皇后時，記得轉告她，我葛蘭特永遠是她忠實的臣民！」

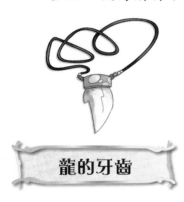

龍的牙齒

　　我與他道別，手中攢緊龍的牙齒，來到水晶宮前。然而，以往熟悉的水晶宮門卻被換成了一扇沉重的大鐵門，上面還密密麻麻地安了十三把大鎖！

　　我用力捶着**鐵門**，大聲宣布說：「我是正直無……」

但我還沒來得及稟告身分，鐵門上突然就開了一扇小窗……一隻枯瘦的 **手爪**，一把從我手中奪走了糾纏難解之鏈！

　　然後，那手爪在我掌心放上一個淚滴形狀的水晶瓶。門內傳出某位黑仙女乾澀的命令聲：

　　「命你迅速用悲傷的精華填滿此瓶。迅速速速速速！

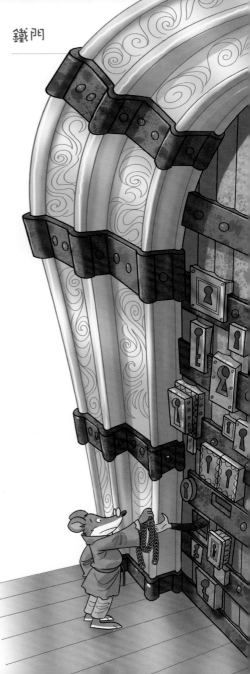

「這是芙勒迪娜交代你完成的最後一項任務……別耽誤時間啦！」

我接過水晶瓶，看到瓶身上刻着行小字：

悲傷精華

原來，這就是第七個任務，也是芙勒迪娜拜託我完成的最後一項任務……

悲傷精華

就連騎士也會落淚！

我匆匆忙忙地**轉身**離開宮殿，不希望任何熟悉的面孔發現我眼角的淚水。

即使最堅強的騎士也會有獨自落淚的時刻。這並非是遭受最危險的**敵人**攻擊，而是在被最親密的*朋友*傷害時⋯⋯

我坐在一棵柳樹下。它彎彎的枝條無力地下垂，看上去和我一樣悲傷⋯⋯

我嘗試着回憶之前在《夢想國旅行指南》上所閱讀的，關於⋯⋯

悲傷精華！

　　「悲傷精華」這物質是源自於某個悲傷的生物的淚水——那就是在感覺最悲傷的時刻，所流下的淚水中最悲傷的淚滴⋯⋯

　　根據傳說記載，在夢想國最悲傷之地——思鄉村能夠找到它！

　　只要用上幾滴悲傷精華，哪怕平生最樂觀積極的生物也會變得憂愁厭世。由於它的效果十分迅速顯著，具有危險性，所以整個夢想國嚴禁使用這一物質！

千萬別碰悲傷精華，
哪怕只有一滴，
都會讓你悲苦萬分！

我站起身，愁思輾轉地

遊蕩、遊蕩、遊蕩、遊蕩……

直到我發現自己已經身在城外，來到一處 **荒　涼**
廢棄的小村，天空中飄起了連綿的細雨。我繼續遊
蕩、遊蕩、遊蕩在村中的**英雄陵園**，整個陵園彷彿
迷宮一般曲折！

思鄉村

入口

英雄陵園迷宮

答案參見第 589 頁。

正直無畏
騎士之墓

出口

你能幫助謝利連摩穿過這個英雄陵園迷宮嗎？

我總算找到了走出**英雄陵園**的路，突然發現路邊有塊墓碑上刻着我的名字。

嗚哇哇，我**好悲傷**啊……
在這個**悲傷**的場所……
在如此**悲傷**的時刻！

正直無畏
騎士之墓

　　我垂頭喪氣地走啊走啊，蹣跚來到沮喪橋，橋下蜿蜒流過**苦澀河**。

　　我穿過橋，走到眼淚噴泉邊。這個噴泉得名的原因，是由於噴泉的水龍頭開關不停地往下**滴水**，宛如一顆顆**淚滴**。

滴噠！ 滴噠！ **滴噠！**

在瀰漫着憂愁氣氛的村中,有一家生產手帕的工廠。於是,我買了一塊手帕,跌坐在路邊的長椅上,開始⋯⋯嗚咽**大哭**!

夜晚降臨了,黃昏籠罩着無解問題丘丘頂。我傷心地**嗚咽**着,淚水浸濕了手帕⋯⋯

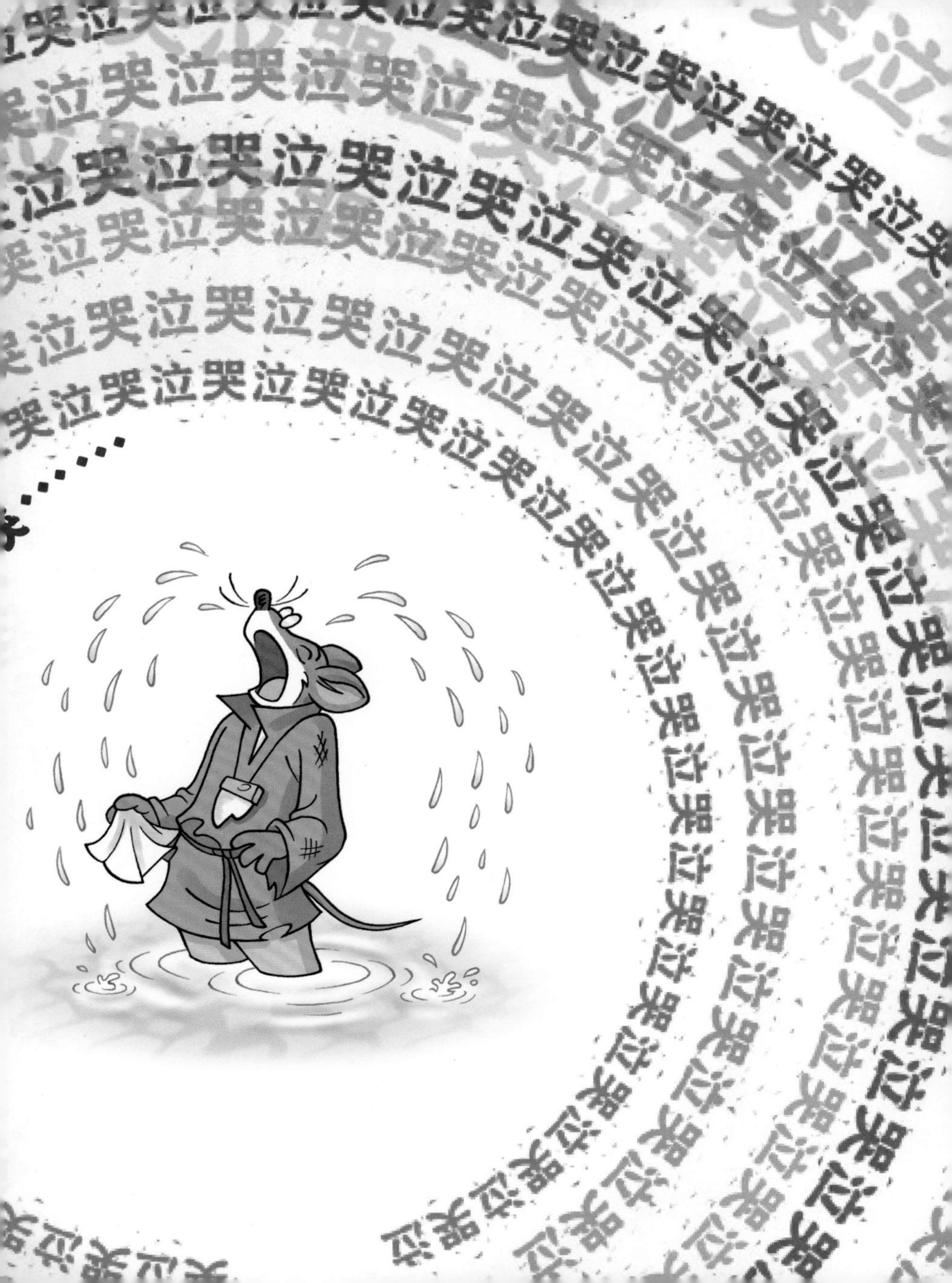
哭泣哭泣哭泣哭泣哭泣哭泣

然後，靈光一閃，一個想法閃入我的腦海。

我根本毋需再跋涉到遠方，因為芙勒迪娜要求我的，我已經做到了。

那就是我的眼淚！

這就是悲傷精華！

我的眼淚正是悲傷精華！因為，此時此刻的我是夢想國中最**悲傷**的生靈，又置身於整個王國最**悲傷**的地點，處於一生中最**悲傷**的時刻，以**悲傷**的旅行方式獲得了種種的**悲傷**體驗……總之，還能有什麼事比被朋友背叛更能讓我**悲傷**呢？為什麼芙勒迪娜要如此狠心地對待我呢？

　　我將所有的 收進了水晶瓶，默默地返回，然後把瓶子放在水晶宮門口。

　　我坐在宮殿前的樓梯上，又飢又渴，我掏出背包，摸出變色龍膿包送給我的糖果，喝着矮人柏拉徒贈給我的山莓汁飲料。

哦，我多麼想念親愛的老友們！

智慧丘

　　我問自己：如今我已經完成了最後一項任務，我該何去何從？我應該**返回**家中…還是依然留在夢想國，努力挽回我和芙勒迪娜之間的**友情**？

　　哦，我多希望能做出智慧的抉擇，可誰又能來幫我呢？

　　我翻開《夢想國旅行指南》，瀏覽着魔力城的地圖。赫然間，地圖上一處名為「智慧丘」的地名映入我的眼簾。

也許我已找到了一直追尋的答案？

智慧丘

　　沒過多久，我就抵達了智慧丘。我在那兒發現了一塊**大石頭**，上面刻着幾行大字：

> 如果你在迷茫中尋找智慧的指引，請坐在此處，隨後……靜靜地等待，直到你聽到發自內心的聲音！

　　我盤腿坐在石頭上。

　　此刻正是黎明時分，太陽從魔力城上空冉冉升起，將天空染成**緋紅色**，宛如仙女們的臉頰般嬌嫩。朝陽在城市的屋頂上灑下霞光，環繞城市流淌的夢想河此刻如同一條光芒四射的緞帶。

我靜靜地等待……靜靜地等待……靜靜地等待……

如果你在迷茫中
尋找智慧的指引，
請坐在此處，隨後⋯⋯
靜靜地等待，直到你
聽到發自內心的聲音！

終於我的內心傳來一把聲音……

我要挽回
與芙勒迪娜
的友情！

因為她的友誼，對我如此重要。

我自信地呼喊：「我希望，我也一定能夠重新

挽回我們的**友誼**：我會竭盡全力，勢在必行！」

為了挽回真正的友誼，我願意拚盡全力！

矮人的面孔

　　我最需要查明的，就是芙勒迪娜為什麼會發生這麼大的變化。

　　為了弄清真相，我決心喬裝打扮，暗自進行調查。當然，要購買換裝道具，首先我需要一筆錢。

　　我步行前往港口，在碼頭來來回回地搬運一箱箱魚，就這樣打工過了一整天。

　　這工作雖然艱苦，但我所獲得的是正當收入！

等到夜幕降臨，我已經累得快要散架了。我還不小心撞翻了一箱魚，壓傷了**腳**！

我拿着辛苦打工得來的三塊錢，又來到了**真真假假舖**，來購買變裝道具。

店舖的主人長鼻跳舞娘，立刻認出我來，熱情地高聲問候我：「你好啊，你不就是那位採購全套吸血鬼**服裝**和馬車的先生嗎，沒錯吧？這次我又有什麼可以幫你呢，小老鼠？」

我告訴她我需要改變裝束，並攤開手，指給她看我

哎喲！

救命……

417

擁有的全部財產——三枚**錢幣**。

長鼻跳舞娘一臉失望：「只有這些嗎？小老鼠，那我唯一可以給你的，只有這套**矮人**服飾道具了！這套道具現在正是清倉價，因為褲管上破了一個洞……上衣少了一顆鈕扣……帽子上沾了果汁**痕跡**……而配套的假鬍子也稀稀落落……你要是選了這套衣物，我可以免費送給你一個假的毒蘑菇！」

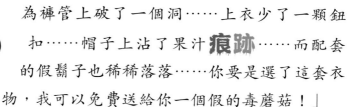

我試圖勸說長鼻跳舞娘給我換其他服飾，但她極力鼓動我：「你穿上這套服飾好極了，活脫脫的一個矮人嘛！」

　　但是，我感覺**十分滑稽**！

　　矮人的服裝對我來說太小啦（*很明顯，我可比矮人高大多了！*），因此我必須收緊肚皮，屏住呼吸，才不會令衣服繃裂……

　　不過，有件事我倒是很肯定的，現在我穿得如此可笑，就連**爺爺**也認不出我啦！

唔……

呵呵呵！

強調小肚腩的
矮人服飾

芙勒迪娜奇怪的客人們

　　我換上矮人的裝束，來到水晶宮前。而眼前的景象讓我**眼睛**瞪得滾圓呢！看來，在我離開的這些日子裏，**水晶宮**發生了翻天覆地的變化！原先透明清澈的水晶壁牆，如今通通換成了黑色的**大理石**。整個宮殿籠罩在濃重陰森的霧氣中。

　　一塊大理石銘牌刻在宮殿門上：

從今以後，此建築更名為
黑皇宮！
仙女國皇后芙勒迪娜

　　為什麼**芙勒迪娜**要這樣做呢？

420

一片嘈雜聲從濃霧中傳來……我趕忙悄悄躲藏起來……

我看到七個臭烘烘的**食肉魔**，大搖大擺地進入宮殿，嘴裏嘟囔着：「最好那位騎士永遠別回來……不管怎樣，芙勒迪娜交代過我們，如果他依舊回到這裏，我們就把他剁成**鼠肉醬！**」

聽到這些話，我嚇得渾身發抖。

好可怕！

老鼠的味道好極了！

呱唧！

呱唧！

呱唧！

我還沒回過神，四十四隻巨大的**蟑螂**就爬進宮去：「依我說，一旦我們發現了正直無畏騎士的蹤影，我們就立刻向黑暗塔騎士團稟告。他的鼠頭可值十三枚仙女金幣的賞金呢！」

聽到這些話，我嚇得面色蒼白。

一旦我們發現了騎士的蹤影，我們就把他剁成鼠肉醬！

　　之後，我看到一羣荒野怪獸和無頭的**幽靈**們，以及另外一些外形古怪的生物，他們一股腦地湧進宮殿，伴着竊竊私語：「聽說那個倒霉的**騎士**已經被芙勒迪娜抓住了，我們可以大幹一場啦，他再也

聽到這些話，我感到渾身發冷。

我們要……

吃肥美的……

鼠肉！

咕嘰！

呱唧！

嗡嗡！

嗖嗖！

咕嚕！

呼呼！

不會礙我們的事嘍！」

接下來抵達宮殿的，是三隻貪婪的**禿鷲**。他們撲騰着翅膀高聲談論：「聽說正直無畏的騎士**倒霉**了，我們要儘快逮住他，不知道那鼠肉味道如何……呱唧……等嘗過了就知道嘍……」

聽到這些話，我開始愁思不解。

最後進入宮殿的，是一羣**女巫**，她們歡唱着小曲：「騎士永遠別回來……好啊好啊好痛快！這隻老鼠最可惡……決不能讓他太舒服！」

聽到這些話，我覺得氣憤難平！

　　看到這詭異的一幕幕，宮門外的夢想國居民們**擔憂**地議論紛紛：「我們的皇后——芙勒迪娜到底去了哪裏？為什麼這些**邪惡的怪物**會被請到宮中？」

　　我暗下決心，一定要潛入宮殿，查明究竟發生了什麼。我暗暗**握緊**龍的牙齒，給自己加油鼓勁。然後，我決定用智謀進入皇宮。

……一個傻瓜……
……一個礙事鬼……
……一個多管閒事……

就在此時，我看到幾個矮人推着一車草莓正準備進入城堡。我尾隨在他們身後，扮成這輩**矮人**中的一個，瞞過了守衛宮門的**黑暗塔騎士團**的眼睛。

我一溜進宮內，就沿着宮殿內的一側走廊一路滑行，直到進入一條幽暗的通道，我試着尋找蛛絲馬跡……

第十二道門

水晶宮的變化真大啊！

如今宮內的牆壁、地板和天花板，通通換成了**黑色大理石**。

地毯是黑色的、枱燈是黑色的、家具是黑色的、**壁畫**是黑色的、門是黑色的，就連窗簾也是黑色的，連一絲陽光都透不進來！

我在黑暗的**通道**裏穿行，一路經過內設芙勒迪娜寶座的禮儀大廳的十二扇宮門。

第十二道大門半掩着，裏面傳出對話聲。

第一個聲音，是芙勒迪娜的⋯⋯

另一個聲音，則是女巫國皇后斯蒂亞的！

我偷偷湊到門旁。眼前的景象讓我**目瞪口呆**⋯⋯

芙勒迪娜坐在寶座上。而在她身旁，親密無間

地坐着……

女巫國皇后，斯蒂亞！

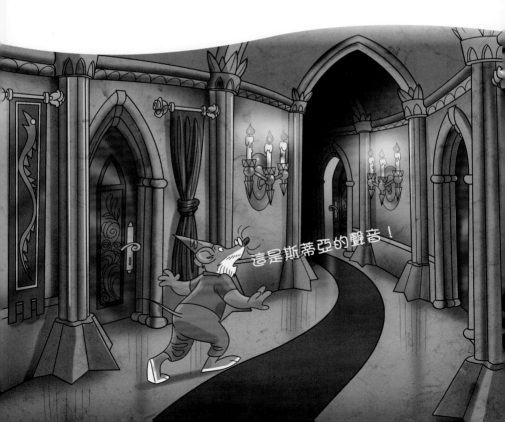

這是斯蒂亞的聲音！

只見仙女國皇后和女巫國皇后，坐在一起談笑風生。

多麼奇怪的景象！

她們的對話內容，讓我的心幾乎跳出了嗓子眼⋯⋯

斯蒂亞說：「親愛的，那些**黑仙女**如何？」

芙勒迪娜：「有她們做我的侍女，再好不過了！」

斯蒂亞繼續說：「告訴我，那個正直無畏的騎士，完成了全部任務嗎？」

芙勒迪娜點點頭：「沒錯，七個任務都完成啦！」

斯蒂亞笑起來：「你那麼冷淡地對待他，有沒有讓他失望？」

芙勒迪娜答道：「你真應該看看，當他每次讀到我的任務指令時，他那張臉上的表情⋯⋯」

斯蒂亞興奮極地說：「這老鼠絕對猜不到我們的 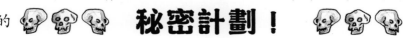 秘密計劃！

事實上，我們正是要用**他**千辛萬苦找到的七件寶貝，來徹底摧毀**她**……」

芙勒迪娜附和說：「哦，親愛的，一旦我們幹掉了**她**，**他**再也沒辦法救出**她**來了。**她**根本沒希望，徹底完啦！而伴隨**她**生命的結束，整個夢想國也將灰飛煙滅！」

我一邊偷聽她們的對話，一邊焦慮地扯着**矮人**的假鬍子。

唔唔唔唔，我不明白…

為什麼斯蒂亞會在城堡出現？

為什麼她會和
芙勒迪娜親密無間？

她們所謂的秘密計劃，
到底是什麼？

她們頻頻提到的「她」，
到底是誰？

可最最關鍵的，為什麼
芙勒迪娜如此憎恨我？

妮勒迪娜

一陣陣邪惡的笑聲，回蕩在禮儀大廳中。

哈哈哈哈！
嘿嘿嘿嘿！
哈哈哈哈！
嘿嘿嘿嘿！
哈哈哈哈！哈哈哈哈！
呼呼呼呼！呼呼呼呼！
呵呵呵呵！呵呵呵呵！

斯蒂亞嘶嘶一笑：「親愛的，你和**她**真的一模一樣，甚至比**她**長得還美……」

芙勒迪娜狡猾地微笑：「我們倆中最後活下來的，只會是**我**……」

我仔細地觀察着芙勒迪娜。

唔，她看上去的確就是我在第一次漫遊夢想國結識的芙勒迪娜，因為她穿着同樣輕柔**發亮**的衣服。

她的雙手同樣輕柔嬌小，穿着仙女鞋的雙足同樣**玲瓏**。她的面龐同樣美麗，她的**頭髮**同樣柔順，她的瞳孔閃爍着與芙勒迪娜一樣的光芒。

她戴着同樣的玫瑰圖案的皇冠、戒指和耳環，在脖子上同樣戴着枚**玫瑰**紋章。這紋章我十分熟悉，芙勒迪娜將自己的姓名刻在紋章背後。

就在此時，芙勒迪娜嗅了嗅身邊盛

玫瑰皇冠

玫瑰戒指

玫瑰耳環

玫瑰紋章

黑玫瑰，我
最愛的花！

滿黑玫瑰的花瓶，滿意地評價道：「玫瑰是百花

之王，而黑色是我最愛的顏色⋯⋯」

　　一束**黑玫瑰**落在地上，

芙勒迪娜彎腰拾起花兒。就在

她彎腰的瞬間，脖子上戴着的

紋章翻了另外一面⋯⋯

　　我注意到了一個不尋常之處⋯⋯

　　在紋章另一面，並沒有刻着

　　　　　仙女芙勒迪娜

而是另一個名字

仙女
妮勒迪娜

當我看到紋章背後這一陌生名字時，我終於醒悟——原來，她是另一個人。

一個長相與芙勒迪娜一模一樣⋯⋯

但性格差天共地的人

這樣看來，只有一個可能性⋯⋯

眼前的這位仙女，是芙勒迪娜的孿生姐妹！

芙勒迪娜

妮勒迪娜

此時此刻，

我終於鬆了一口氣！

難怪芙勒迪娜會對我如此狠心，因為她根本不是芙勒迪娜！

這麼說，真正的芙勒迪娜肯定仍像從前一樣

關心着我！

可是，真正的芙勒迪娜此刻身在何處？

我一定要找到她，並且……

救她出來！

黑仙女之舞

音符飄進我的耳朵。
音符飄進我的耳朵。
一組小提琴奏出的奇怪 音符飄進我的耳朵。
那些音符構成了低沉古怪的旋律。

銀色小提琴

　　它是女巫日常彈奏的樂器。黑仙女用它譜寫出詭異的旋律。無論誰聽到這一旋律，心情都會變得低沉憂鬱……

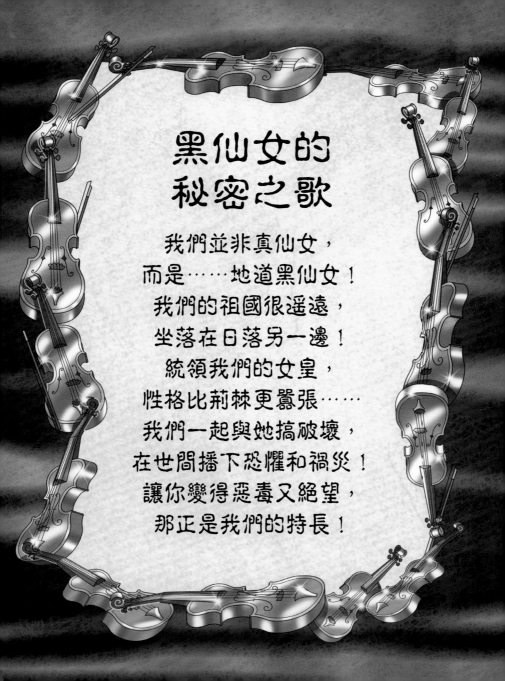

黑仙女的秘密之歌

我們並非真仙女，
而是……地道黑仙女！
我們的祖國很遙遠，
坐落在日落另一邊！
統領我們的女皇，
性格比荊棘更囂張……
我們一起與她搞破壞，
在世間播下恐懼和禍災！
讓你變得惡毒又絕望，
那正是我們的特長！

圖中有兩個黑仙女的長相是一模一樣的，你能找出她們嗎？

答案參見第589頁。

　　黑仙女在大廳內翩翩起舞。她們的裙襬上下翻飛，猶如黑玫瑰的花瓣那樣魅惑。

　　其中一位黑仙女用銀色小提琴奏響幾個音符，唱起了黑仙女的秘密之歌。

　　歌詞中提到了她們的祖國在「**日落另一邊**」。

　　我記得自己曾在《夢想國旅行指南》上讀到過一些介紹，那裏正是……

鬼怪出沒的神秘之地！

日落的另一邊

　　沒有誰清楚知道日落的另一邊是什麼。相傳那裏是夢想國與迷幻疆域的交界處。那裏的大地由火山礫堆成，是堅硬的黑色。地表下方是洶湧的岩漿，因此地殼常常震動。空氣裏煙霧密布，讓旅行者咳嗽個不停。天空中烏雲密布，遮蓋了全部陽光，因此無論日夜均是一片漆黑。那裏的生物既不是仙女也不是女巫，外形光芒奪目，可內心醜陋無比——她們就是黑仙女！她們效忠於女巫國皇后斯蒂亞，常常為她奏響小提琴的樂曲。總之，旅行者最好不要靠近這片土地，因為這裏十分危險！

日落的另一邊

我就是妮勒迪娜！

被黑仙女簇擁着的妮勒迪娜突然站起來，消失在一片屏風後面。

沒過多久，她重新出現了，看上去若無其事，只是 衣裳 的顏色換成了黑色……

她張狂地高聲宣布：「我，**妮勒迪娜**，統領黑仙女的皇后，日落另一邊的領土擁有者，要向大家宣布一個重要消息！」

所有的黑仙女拍手叫好：

「黑皇后，我們祝你萬壽無疆！」

妮勒迪娜的唇邊顯出邪惡的笑容：「我已經成功奪取了芙勒迪娜的皇位，並**瞞過**了所有人的眼睛，甚至連那位正直無畏的騎士，也被我耍得團團轉！」

450

之前……

之後……

黑仙女們興奮地叫喊着：

「啊，女皇陛下，榮譽永遠與您同在！」

妮勒迪娜繼續宣布：「我曾命令正直無畏的騎士，去為我帶回七件寶物。那愚蠢的騎士乖乖完成了我的任務，卻不清楚這七件寶物的真實用處，我要用它們永遠囚禁我的學生姐妹——芙勒迪娜！」

黑仙女們的歡呼聲分外瘋狂：

「誰也比不上您的智慧，

啊，女皇陛下！

誰也比不上那老鼠的愚蠢！」

妮勒迪娜滿意地咧開嘴，我這時才醒悟過來……原來我中了她的計……

咕吱吱，天知道她的陰謀什麼……

妮勒迪娜
的陰謀什麼？

妮勒迪娜命令道：「快將芙勒迪娜給我帶上來！」

七位黑暗塔騎士抬着一副擔架走上前來，芙勒迪娜躺在擔架上，她的脖子上掛着夢幻金鐘琴，陷入昏沉的睡夢中。

妮勒迪娜得意地叫囂道：「多虧了騎士帶來的第一件寶物——夢幻金鐘琴，我才能讓芙勒迪娜陷入昏睡！哦，騎士啊，若你今日在現場，一定會為自己的作為感到自豪吧！」

天哪，我真可悲，看看自己都做了些什麼？

使用
第一件寶物後，
芙勒迪娜陷入
昏睡！

隨後妮勒迪娜大叫：「現在，你們快將第二件寶物——**黑暗精華**帶上來！」

黑仙女妮菲娜將我從蝙蝠部落取回的骨頭匣子打開……匣子內散發出一縷縷黑煙霧。

妮勒迪娜滿意地笑起來：「多虧了黑暗精華，我要讓芙勒迪娜永遠關在……

暗無天日的環境中！

暗無天日的環境中！」

使用**第二件寶物**後，
關押芙勒迪娜的監牢
將會永遠暗無天日！

她繼續指揮：「現在將第三件寶物帶上來！」

四位黑暗塔騎士將水晶宮運進大廳。隨後，他們舉起芙勒迪娜，將她抬進棺內。

原來妮勒迪娜要我取得水晶棺的目的，就是永遠囚禁自己的親生姐妹！

妮勒迪娜高聲宣布：「這座棺材將會成為囚禁芙勒迪娜的監獄，日復一日，年復一年，生生世世讓她永無出頭之日！」

所有的黑仙女都高聲附和：「讓她永無出頭之日⋯⋯

生生世世　生生世世

生生世世」

第三件寶物
將芙勒迪娜
囚禁起來。

斯蒂亞不耐煩地吆喝：「那麼第四件寶物呢？那又用來做什麼，妮勒迪娜？」

妮勒迪娜唇邊漾出狡點的笑容：「速速將三位女巫的綠頭髮獻上來！」

隨後她彎下腰探入水晶棺，用女巫的頭髮捆住芙勒迪娜的雙手，「這樣看你還怎麼逃脫，我的好姐妹！你的王國從此屬於我啦！」

她直起身子，發出邪惡的大笑：「哈哈哈，要是騎士能親眼目睹他所帶回的這些寶貝用在何處，那該多棒！」

嗚哇哇，我的的確確親眼目睹了這一切！

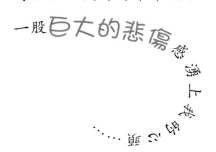

一股巨大的悲傷感湧上我的心頭……

460

用上
第四件寶物，
芙勒迪娜無法
自行逃脫。

黑仙女妮菲娜帶上來第五件寶物——盛放着**石頭面具**的花瓶。

妮勒迪娜轉過身，詢問黑暗塔騎士團的首領：「老實說，誰長得更美，她還是我？」

他遲疑片刻，答道：「我的皇后陛下，你們倆簡直一模一樣，因為你們是雙胞胎姊妹花，所以……」

妮勒迪娜憤怒地嘶吼：「那麼，既然我無法讓自己比她更貌美，我就要讓她的美麗面龐永遠不為世人所知！」

隨後她從花瓶中拿起石頭面具，將它罩在芙勒迪娜的臉上：「現在整個夢想國最美的人兒，是我，是我，就是我！」

所有的黑仙女齊聲附和：

「是你，是你，就是你，美貌無雙的皇后陛下！」

462

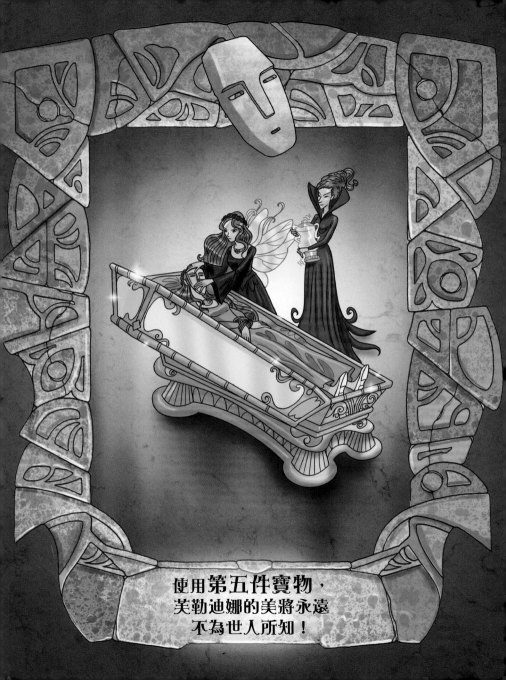

使用**第五件寶物**，
芙勒迪娜的美將永遠
不為世人所知！

黑暗塔騎士團的首領獻給妮勒迪娜第六件寶物，就是⋯⋯

 糾纏難解之鏈！

他悄悄說：「皇后陛下，要小心，一旦這金鏈捆住某樣東西，就會十分危險，而且⋯⋯」

妮勒迪娜的目光彷彿**火焰**一般憤怒。「多嘴的傢伙，難道我不知道它的魔力所在嗎？我很清楚自己在做什麼！」

她拿起金鏈，將它放置在水晶棺上，口中唸唸有詞：「金鏈，以力量的名義，我命令你纏起！」

話音剛落，金鏈開始向四周伸展，頃刻間纏住了水晶棺，那乾澀的摩擦聲**咔喇喇**地作響！

用上
第六件寶物，
就能將關押芙勒迪娜的
水晶棺捆得嚴嚴實實！

終於，輪到妮勒迪娜來展示第七件寶物，也就是⋯⋯

悲傷精華

她抓住水晶瓶，將瓶中所有的涙滴一股腦地倒在水晶棺上。所有的涙滴立刻凝結成固體，轉眼間形成一層厚而堅硬的殼。

妮勒迪娜得意地大笑：「這些結晶的涙滴將永遠包裹着水晶棺，因此沒有誰可以辨認出裏面究竟藏着什麼。」

芙勒迪娜，你就永遠地昏睡吧⋯⋯

你就永遠地昏睡吧⋯⋯

你就永遠地昏睡吧！

用上第七件寶物，
夢想國將永遠遺忘
芙勒迪娜的存在！

老鼠的氣味！

妮勒迪娜高聲宣布：「現在，我會將這水晶棺藏在一處偏僻之地，那就是傳說中的⋯⋯

隱形地窟！

一會兒見，斯蒂亞！

一會兒見，妮勒迪娜！

妮勒迪娜吩咐眾人：「你們通通離開此地，若我發現有誰藏在暗處，我只要揮揮魔術棒，就會把他變成一隻……

只會呱呱亂叫、
長滿膿包的癩蛤蟆！」

　　斯蒂亞恭維地說：「不錯哦，親愛的，你的命令很威嚴，要讓他們明白誰在掌權！現在我要暫別了，既然你已經掌權，我總算可以放心地返回

女巫國嘍！

白玫瑰的氣味？

　　妮勒迪娜倚靠在窗前，向遠行的斯蒂亞揮手致意，她突然狐疑地嗅嗅：「空氣中怎麼會有白玫瑰的氣味？」

黑暗塔騎士團的領袖趕忙解釋：「皇后陛下，香味來自於白玫瑰迷宮，芙勒迪娜最喜愛的……」

他還沒說完，妮勒迪娜惱怒地揮揮手：「我命令你立刻剷除迷宮中的所有白玫瑰！」

她懷疑地聞了聞：「我怎麼聞到老鼠的氣味？」

我嚇得臉色蒼白！空氣中當然瀰漫着老鼠的氣味，因為那氣味正是從我身上散發出去的呀！

我必須趕快逃走！

我趕忙後退，向黑暗的地道逃去。我手腳並用地爬啊滾啊，左左右右，上上下下，直到我看到一扇小門，徑直通向花園。

我以最快的速度衝出小門，在我前方出現了一道心形的 **金色柵欄**，這地方如此熟悉，看上去正是⋯⋯白玫瑰迷宮！這裏的景致如此熟悉，每一處草木都讓我回想起 **芙勒迪娜**——我敬仰的仙女國皇后。

嗚嗚嗚，正如你們所看到的，水晶宮內部一片黑暗，如今整個宮殿已改名為「黑暗宮」！

銀色
小提琴作坊

冥想室

布滿12道門的走廊

1號門
2號門
3號門

禮儀大廳

黑暗塔騎士

樓梯

候客室

城堡入口

斯蒂亞和
妮勒迪娜

大衣櫃

音樂室

12號門

11號門

10號門

9號門

黑暗塔騎士

書房

黑暗塔騎士團領袖

音樂排練室

魔法杖收藏室

魔法書圖
書館

白玫瑰迷宮

黑白女大臣

九門

小徑

6號門

敞開的門

7號門

秘密
書房

樓梯

遠門

城堡花園

妮勒迪娜
的書房

妮菲娜
書房

請注意!

　我們從高處鳥瞰會
發現,在被妮勒迪娜與
斯蒂亞發現後,騎士正
拼命逃向宮外。他沿着
一扇敞開的門逃出去,
徑直奔向白玫瑰迷宮。
這裏是宮殿唯一一處黑
暗尚未籠罩的地方!

白玫瑰迷宫

　　白玫瑰迷宫是一個**心形**的花園，佔地面積雖小卻布滿奇花異草。

　　花園中長滿了芬芳的白玫瑰，玫瑰枝蔓交錯成**高高的**天然的籬笆。

白玫瑰迷宫

　　芙勒迪娜親手栽種的白玫瑰在這裏生長。它們散發出比普通玫瑰濃郁千倍的香氣，而且玫瑰莖上並沒有刺。在迷宮中心坐落着許願泉，一位神秘的魔法師在此守護。

　　在這片芬芳四溢的花朵迷宮入口處，豎着一塊碑，上面刻着幾行神秘的文字⋯⋯

白玫瑰迷宮

你若抵達心形花園，
便會找到許願泉……
何不向魔法師許願？
若你的心靈夠坦然，
且你的願望是良善，
你的夢想自會實現！

答案參見第 589 頁。

謝利連摩
在白玫瑰迷宮裏丟失了
矮人的綠帽子。你能
找出它嗎？

　　我在一道道玫瑰籬笆前竄來竄去，直到自己**頭暈**轉向。

　　我正擔心自己迷路，卻猛然瞥見迷宮的中心，這裏豎着一座潔白大理石搭建的**小亭子**。

　　亭子中央有個貝殼形狀的水池，池邊立着一座神秘的雕像。那尊雕像的造型是一位身披斗篷、拄着拐杖的魔法師。

　　在雕像底部，用夢想語刻有一段文字：

你能讀懂上面寫了什麼嗎？
請參照第585頁的夢想語詞典！

479

許下願望……

　　我望向貝殼形狀的水池，憂傷地說：「我必須想辦法救出芙勒迪娜，可我該如何做呢？眼下只有我孤零零一個？」

　　我滿懷思念地想起在歷次漫遊夢想國時結識的朋友，動情地高聲說：「我真心希望朋友們能重新在此地想聚，包括羅博和他的妹妹羅薇、銀龍國公主愛麗絲和她的坐騎火花、忠誠的藍龍和梅麗莎、幸運騎士、喜樂多國王、暴風雨船長、獨角獸國王蔚藍星、矮人國國王柏拉徒和他的太太費莉亞，還有彩虹巨龍，還有老友賴嘰嘰……

羅薇

暴風雨船長

蔚藍星國王

藍色蜘蛛馬利奧

「蟑螂奧斯卡、藍色蜘蛛馬利奧，還有小瓢蟲好運妹……等等其他所有朋友！

我想着想着，思念的淚水沿着臉頰流淌，滴進 水池，滴答，滴答！

就在此時，池邊的雕像突然動了起來……

啊，我多想……

481

我就是許願
魔法師！

雕像開口說話道：「我就是許願魔法師。你的願望**出自真心、十分誠摯**。我感受到了你思念的淚水，因此……」

魔術師雙臂伸向噴泉**正中央**，聲音嘹亮地高呼：

「你的願望會實現，
就在此時，
就在此地！」

他話音剛落，一個又一個身影宛如魔法般從噴泉中飛出來，他們正是我在歷次漫遊夢想國時結識的所有**好朋友**！

只要團結一致，
一切皆有可能！

許願魔法師高聲宣布：「騎士，我實現了你真摯的願望。如今你的朋友齊聚一堂，大家磨拳擦掌！」

我的心中充滿喜悅：

如今我再也不孤獨了！

我一個接一個地擁抱好友們：「親愛的朋友們，我們曾經並肩戰鬥，戰勝種種**艱難**，擊退了**女巫**和各類**怪物**……如今我再一次渴求大家的幫助，你們是否願意追隨我？在我們面前的挑戰，比過去的所有挑戰更加危險，更加艱難！我們必須從一羣魔法超羣的惡魔中救出芙勒迪娜！」

寄居蟹激動地嚷嚷：「你這個小子，有什麼

話就直說吧！我是說，別再和我們繞圈子啦！」

我歎了口氣：「嗚嗚，芙勒迪娜被她**邪惡**的雙胞胎姐妹妮勒迪娜綁架了。妮勒迪娜取代了她的位置，並將她關押在隱形地窟中……」

大家齊聲驚呼：「難怪最近芙勒迪娜的行為如此反常，如此冷淡，如此**無情**！原來仙女國皇后並不是她，而是她邪惡的雙胞胎姐妹！」

親愛的朋友們，你們是否願意追隨我？

喜樂多

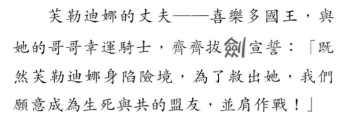

　　芙勒迪娜的丈夫——喜樂多國王，與她的哥哥幸運騎士，齊齊拔劍宣誓：「既然芙勒迪娜身陷險境，為了救出她，我們願意成為生死與共的盟友，並肩作戰！」

　　蟑螂奧斯卡問：「可是，我們這支隊伍總要有個名字吧，該怎麼稱呼呢？」

　　賴嘰嘰提議：「既然我們同為皇后陛下而戰，我建議將我們的隊伍取名為『勇士歸來軍』！而藍玫瑰將成為我們軍隊的標誌，因為它象徵着我們熱愛的皇后陛下蔚藍的眼珠！」

　　大家齊聲叫好：「勇士歸來軍萬歲！」

幸運騎士

斯咕嚕·賴嘰嘰

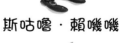

蟑螂奧斯卡

勇士歸來軍

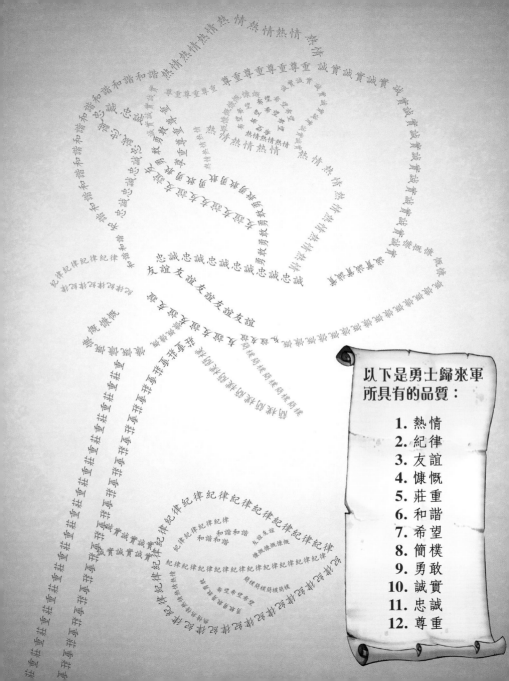

以下是勇士歸來軍
所具有的品質：

1. 熱情
2. 紀律
3. 友誼
4. 慷慨
5. 莊重
6. 和諧
7. 希望
8. 簡樸
9. 勇敢
10. 誠實
11. 忠誠
12. 尊重

勇士
歸來軍

許願魔法師指點我們：「在白玫瑰迷宮入口處的地面上，有一塊**心型圖案的銀色石板**。你們掀開那塊石板，就會發現下面藏着一條秘密通道……

謝謝你，許願魔法師！

抓緊時間，騎士！

心型圖案的銀色石板，下面藏着一條秘密通道，直通向宮殿內部……

救命！

哎喲！啊哈！

嗡嗡！

喵！

心形銀色石板

「你們鑽進地道，就能直達宮殿，地道的出口正是儀式大廳！」

大家一股腦地向迷宮入口處跑去，掀起心形銀色石板，下方一條秘密暗道赫然映入我們眼簾！

我們趕忙鑽進去⋯⋯

來啊，朋友們！

加快速度！

啾啾！

我們要快點兒才行！

我們要救出芙勒迪娜！

衝啊，朋友們！

水晶矮人的秘密

通往城堡深處的暗道內黑得伸手不見五指。

寄居蟹從他的殼裏摸出一根蠟燭：「嗚呼，若不是有我寄居蟹在此，誰會想得如此周到呢？你們要是缺了我⋯⋯可怎麼辦？」

大家借着昏黃的燭光在地道中聚集在一起。伙伴們就下一步如何行動議論紛紛，而我則向大家描述了《夢想國旅行指南》中記載的神秘之地——傳說中的水晶矮人所建造的隱形地窟。

隱形地窟的秘密

若想了解隱形地窟的建造來龍去脈，我們首先需要弄清楚水晶宮是如何建成的⋯⋯

水晶宮的故事

　　水晶宮由仙人族長翅王朝的長老——飛天爺所建造。長翅王朝擁有仙人族最純淨的血統，他們的心中充滿愛。長翅王朝的後裔決不會撒謊，因為他的心靈宛如水晶般清澈。

　　飛天爺一心希望打造一座如水晶般透亮的宮殿，因此他拜託了傳說中能幹的水晶矮人族族長——傳奇四世，前來夢想國打造水晶雕砌的偉岸建築。

飛天爺

水晶矮人

這羣矮人居住在夢想國邊界「一去不返河」底的水晶洞內。他們從河牀中挖掘整個夢想國中最純淨稀有的水晶，這些水晶能夠將陽光折射成千萬縷光線！為了建造壯觀的水晶宮，矮人們的工作量十分巨大⋯⋯建築工程歷時三百三十三年⋯⋯最後，整個夢想國最美麗純淨的建築終於完工了。

傳奇四世

隱形地窟

矮人們在建造宮殿的同時，也挖掘了一個被稱為「隱形地窟」的密室。這個房間除矮人們自己外，並未透露給其他人。因此，若想找到這間密室，就必須先找到一位水晶矮人來擔任嚮導！

我喃喃地説：「如此説來，只有水晶矮人族才知道隱形地窟的具體位置，但我們到哪裏去找水晶矮人呢？」

矮人國皇后費莉亞**捅了捅**國王柏拉徒：「快告訴騎士，快説啊！」

柏拉徒嘀咕道：「呃，騎士，事實上，我爺爺的爺爺的爺爺的爺爺的爺爺的爺爺爺爺的爺爺的爺爺的爺爺的爺爺爺爺的爺爺的爺爺的爺爺的爺爺的爺爺，正是水晶矮人族族

知道了，現在我就説！

快説快説快説啊！

柏拉徒
矮人國國王

費莉亞
矮人國皇后

長——傳奇四世！因此……」

費莉亞又**捅了捅**國王柏拉徒，「快告訴騎士，快說啊！」

柏拉徒嘟噥道：「老婆，你能不能耐心些嘛？事實上，我……」

費莉亞再次**捅了捅**國王柏拉徒，「快告訴騎士，快說啊！」

柏拉徒壓低聲音，他的話在地道裏嗡嗡作響，激起一道道**回聲**：「我要告訴你們一個秘密：我一直記得關於*隱形地窟的謎語！*據說那謎底正是地窟的位置所在……但這謎語*很難*，非常難，應該說太難啦！！！從來沒有誰猜出過謎底。現在，我將那古老的謎語背誦給你們聽，也許你們能找到確切的答案。」

他將聲音壓到最低，悄然背誦：「噓，那神秘謎語是這樣說的…

語是這樣說的……
語是這樣說的……
語是這樣說的……
語……那神秘謎語……
語……噓，那神神秘謎語……
謎語……那神秘謎……噓，那神秘……
那神秘……那神……噓，那神秘……
噓，噓，

隱形地窟之謎

它描繪時光遷徙，
卻並不是位畫師！
你若能猜出它意，
地窟會自然顯示！
小心它隱藏嚴密，
若一味苦苦尋覓，
恐只是白費心力。
能巧妙解開謎底，
窟門才為你開啟！

我想啊，想啊，但腦袋裏一片空白。這一道謎語的**謎底**究竟是什麼呢？

　　我們困惑地繼續在地道中潛行，直到又一塊**心形的銀色石板**出現在我們頭頂上方。這一定是出口處！我小心翼翼地揭開石板……發現洞外正是水晶宮的儀式大廳，一隊隊**黑仙女**和**黑暗塔騎士團**正在大廳內四處巡邏！

咕吱！

你們這些懦夫！

我從地道中觀察環境。很明顯，為了尋找隱形地窟，我們必須離開**神秘**地道，可面對大廳內數量如此龐大的黑仙女和黑暗塔騎士，我們該如何是好？

就在這時候，水晶宮發出可怕的劇烈震顫，瞬間吸引了黑仙女和黑暗塔騎士的注意力！

原來是我的好友——大巨人勇敢的心，正在宮外抱着**宮殿**的高塔晃來晃去，還不時高聲吆喝：「嘿，你們這些膽小鬼騎士，敢不敢和我比試比試？」

在他身旁，女巨人克羅維加一把掀開水晶宮屋頂，大聲呵斥**黑仙女們**：「看你們誰還敢在背後

嘲笑騎士？」

　　彩虹巨龍嘴裏噴出熊熊火焰，發出一聲長嘯：

「你們這些沒出息的傢伙，就沒膽出來和

我單挑？」

　　黑仙女們威脅他說：「可惡的傢伙！
小心我們用魔術棒把你燒焦！今天我們的
晚飯要吃龍肉腸，要喝煲龍湯！」

龍肉腸

煲龍湯

　　巨龍高聲反擊說：「你們休想動我一
塊鱗片，你們這些蛇蠍婦人！你們有什麼
了不起，只是羣虛偽的怪物！我才不怕你
們，狠毒的巫婆！我倒要問問你們，妮勒迪
娜在哪兒？我敢說她一定是看到我們害怕得藏
起來了吧……她有膽量和我進行決鬥嗎？」

此時，天空傳來一聲可怕的尖叫，嚇得我全身的血液都快凝固了……

那尖叫正來自於妮勒迪娜，她瘋狂地獰叫：「你這條龍居然敢向我挑戰？」

隨後，她命令道：「妮雷莎，我的黑龍坐騎，準備**決鬥！**」

天空中又是一聲令我膽顫的吼聲：「遵命，皇后陛下！」

說時遲，那時快，一條渾身**漆黑**如炭的巨龍劃破天空，她的鱗片宛如火焰般閃閃發亮。她的眼睛猶如燃燒着的木炭一樣**火紅！**

她的爪子如鋼鐵般堅利，身上馱着紅色絲綢做的鞍，還戴着一頂由碩大紅寶石鑲嵌而成的頭盔。

我的黑龍坐騎，準備決鬥！
我的黑龍坐騎，準備決鬥！
我的黑龍坐騎，準備決鬥！
我的黑龍坐騎，準備決鬥！
我的黑龍坐騎，準備決鬥！

遵命，皇后陛下！

　　那巨龍忽閃着翅膀飛到窗邊，
　妮勒迪娜一躍而起，騎上龍背，高聲
　叫嚷：「彩虹巨龍，現在你要為自己的無
禮付出代價！」

　　彩虹巨龍轉身就逃，妮勒迪娜、宮廷內的所有
黑仙女和黑暗塔騎士在他身後窮追不捨。

　　我感動得喃喃自語：「謝謝你，我親愛的巨龍
朋友。你**勇敢正義**的行為，會永遠記在我心
間！托你的福，我們才可以自由地出入城堡！謝
謝，謝謝，太感謝了！」

答案參見第589頁。

唔……唔唔……
唔唔唔唔……

現在的水晶宮內空空如也！我們大搖大擺地鑽出地道，從宮殿最高層一直搜尋到最底部，尋找**隱形地窟**的痕跡……卻一無所獲！

我心裏尋思着：「為了找到地窰，就必須揭開

謎底！」

我不安地來回踱步：

「⋯⋯它描繪時光遷

徙⋯⋯卻並不是一位

畫師？也許，我們

應該嘗試別的⋯⋯

什麼能夠描繪時光

的全部變化呢⋯⋯

唔⋯⋯唔唔⋯⋯唔唔

唔唔⋯⋯」

它描繪時光遷徙，
卻並不是位畫師！
你若能猜出它意，
地窰會自然顯示！
小心它隱藏嚴密，
若一味苦苦尋覓，
恐只是白費心力。
能巧妙解開謎底，
窰門才為你開啟！

唔唔唔唔⋯⋯

唔 唔唔⋯⋯

⋯⋯唔

我經過一塊厚重的天鵝絨罩時，看見罩下掩蓋着某樣未知物體。

我掀開布料，赫然發現我的影像映在一面鏡子裏！

我高叫道：「**為什麼**我們以前沒想到呢？一面鏡子可以反射出時光的全部變化⋯⋯即使不用畫家也可以⋯⋯所以⋯⋯」

唏唏唏唏？

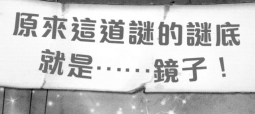

原來這道謎的謎底
就是……鏡子！

這面鏡子尺寸巨大，呈橢圓型，鏡框上雕滿了栩栩如生的玫瑰圖案，在鏡子最底部刻着一行不起眼的小字：

我，水晶矮人族族長——傳奇四世，
建造了神秘的隱形地窟，
通過這面神奇的鏡子便可抵達那裏！

我伸手靠近鏡子⋯⋯

我的手居然穿過了
鏡子，摸到類似
梯子的物體⋯⋯

我伸出手掌，放在鏡子上⋯⋯鏡子表面突然產生了**水波般的漣漪**，我的手居然穿過了鏡子表面，摸到類似梯子的物體⋯⋯

　　我接着跨出一隻腳，同樣我的腳也穿過了鏡子！

　　於是我轉過身，呼喚所有**同伴**：「找到隱形地窟的入口處啦！」

我跨出一隻腳⋯⋯
同樣穿過了鏡子！

神奇的鏡子

　　在夢想國內隱藏着許多神奇的鏡子，要小心哦，因為它們往往隱藏着很多秘密⋯⋯在這扇鏡子背後，藏有一把水晶扶梯，一直向下延伸，直到抵達隱形地窟！

我定會救你出來，我的皇后！

幸運騎士走到我身旁，遞給我一支**火把**：「正直無畏的騎士，你是我們中最**勇敢**的戰士。你，也只有你，配得上進入地窟這一榮譽！」

我臉色發白，手爪顫抖，說：「呃⋯⋯謝謝你們授予我這麼崇高的榮譽⋯⋯那我獨自去嗎？說真的嗎？」

所有的伙伴們齊聲說：「真的真的真的！」

我歎了口氣：「那麼，如果我沒被什麼**妖怪**吞掉，或者沒被什麼**巨獸**抓走，或者沒被**食肉魔**啃光的話，我們一會兒見⋯⋯」

我鼓起全部勇氣⋯⋯
昂首鑽過神奇的鏡子⋯⋯
隨後沿着梯子不斷向下爬⋯⋯

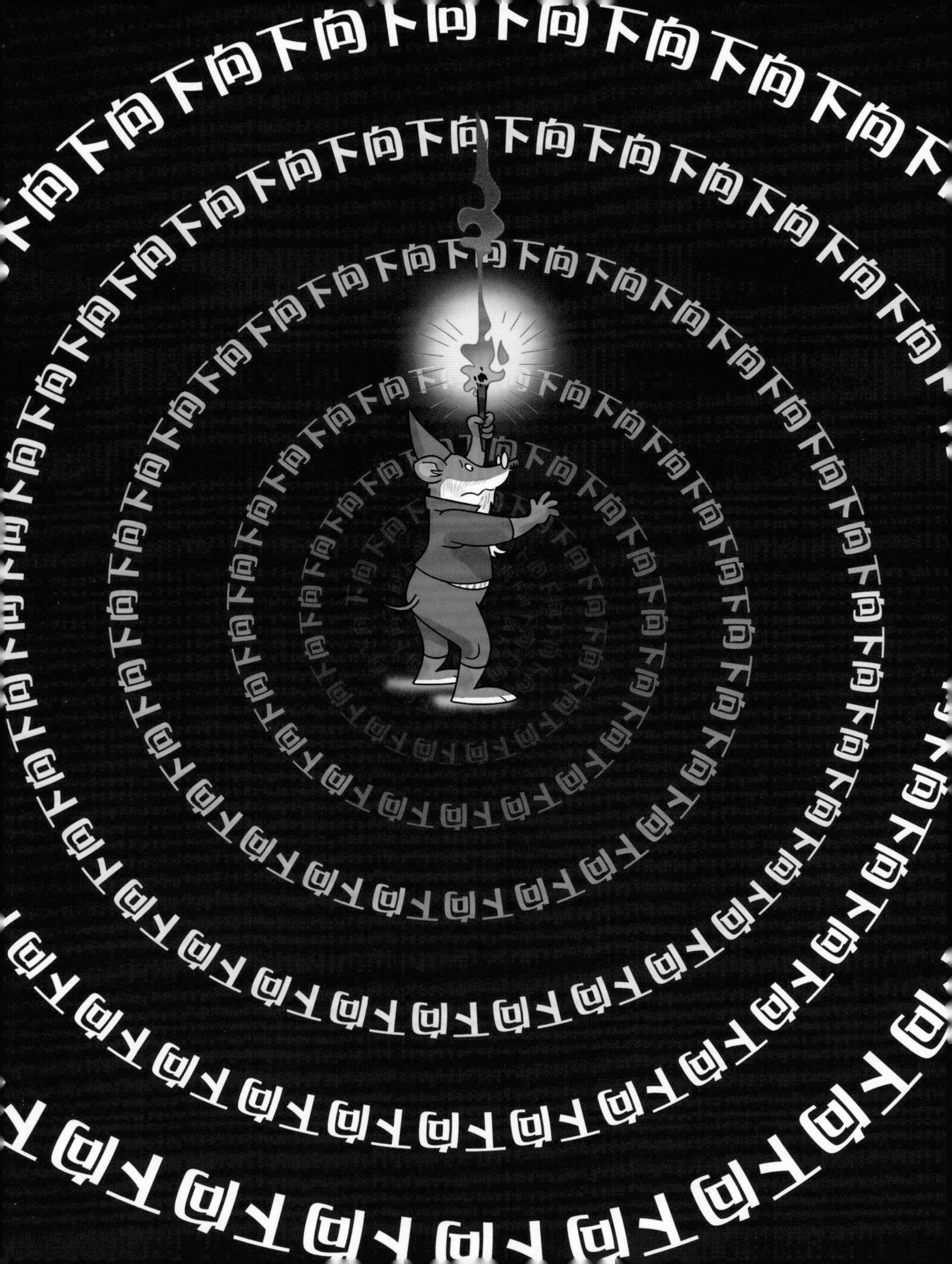
向下向下向下向下向下向下向下向下

我終於爬到了梯子底部——隱形地窟就在這裏！

由於妮勒迪娜在水晶棺四周噴灑了**黑暗精華**，地窟裏黑得伸手不見五指！

我伸出手爪在黑暗中摸索，終於觸到了一件又窄又長的物體，這一定就是*水晶棺*！

拜我費煞苦心地收集來的七件寶物所賜，妮勒迪娜才得以將芙勒迪娜關在這裏面。

唔，眼下我的首要任務，是驅散黑暗精華。

我猛然想起，與會飛的掃帚飛天星一起在天空遨遊時，我曾收集了一小撮星塵。

我將閃亮的星辰灑向黑暗中……

地窟裏頓時一片光明！

星塵

看我如何驅散黑暗精華！

一層厚而堅實的硬殼凝固在水晶棺上，這正是……

悲傷精華

所形成的結晶淚滴！

　　我該如何驅除這道魔法？唔，為了驅除悲傷精華，我需要一點…… *快樂精華*！

　　我在內心深處尋找往昔快樂的回憶：芙勒迪娜第一次對我綻放微笑……一滴快樂的眼淚滴落在水晶棺上，黑暗精華隨之消散了！

看我如何驅散黑暗精華！

現在我必須解開捆綁着水晶棺的……

糾纏難解之鏈

為了消除它的法力，我口中唸起了巨龍葛蘭特曾告訴我的咒語：

金鏈，
以友誼的召喚，
我命令你解開！

伴着金屬磨擦的咔嚓聲，金鏈自動解開啦！

看我如何解開
糾纏難解之鏈！

現在，我必須想辦法打開吸血鼠伯爵的**水晶棺**，但我該如何打開它呢？

我看到水晶棺蓋上雕刻着一行小字，上面寫着：只有借助「最真誠的友誼」才能揭開棺蓋。

我想啊，想啊，想啊，終於醒悟到：既然我是真誠的，是芙勒迪娜真正的朋友⋯⋯那麼我一定可以打開它！我吃力地揭開了沉重的水晶棺蓋⋯⋯

看我如何打開水晶棺！

棺蓋剛剛打開，就從裏面傳出 **夢幻金鐘琴**的音樂旋律。

這旋律十分危險，因為它一傳入我耳中，我就立刻昏昏欲睡。

我趕忙脫下外套，將它纏在耳朵上。

隨後，我抓起金鐘琴，將它用力摔在地上，它終於停止了**歌唱**。

看我如何阻止
夢幻金鐘琴的催眠旋律！

527

現在，我必須想辦法解開捆着芙勒迪娜雙手的三個女巫的*綠髮*！

唔，這具有*魔力的*頭髮是無法用剪刀剪斷的……我可以用無比的耐心解開所有的死結！

終於，在我不懈的努力下，女巫的綠*頭髮*被解開了！

看我如何解開
女巫的綠頭髮！

現在我要做的，是去除罩在芙勒迪娜臉上的**石頭面具**！

為了驅除這面具散發出的**邪惡**能量，我暗下決心鼓足*勇氣*，迅速揭下面具，將它放回滔天伯盛滿 **水** 的花瓶中，隨後合上蓋子。唔，它終於回到了原位……

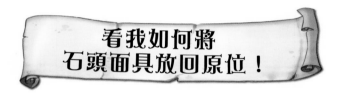

看我如何將
石頭面具放回原位！

當我終於看到內躺着這女子的面目時，我問自己⋯⋯是她嗎，是真正的芙勒迪娜嗎？

我焦急地等候她睜開雙眼。

當我們的視線終於彼此交集 時，我的一切疑慮都煙消雲散！

她的眼珠宛如春天的晴空般蔚藍，宛如星辰般燦爛，這清澈的眼神只屬於她，屬於芙勒迪娜，我一直仰慕的皇后！

芙勒迪娜向我伸出一隻手：「真的是你嗎，正直無畏的騎士？」

我親吻她的手：「正是我，皇后陛下！」

她輕輕地歎了口氣：「我從未懷疑過你會來救我⋯⋯」

周邊瀰漫着友誼、和諧、快樂與和平的氣息⋯⋯

那正是神奇的夢想國香氣！

你也聞到了嗎？

530

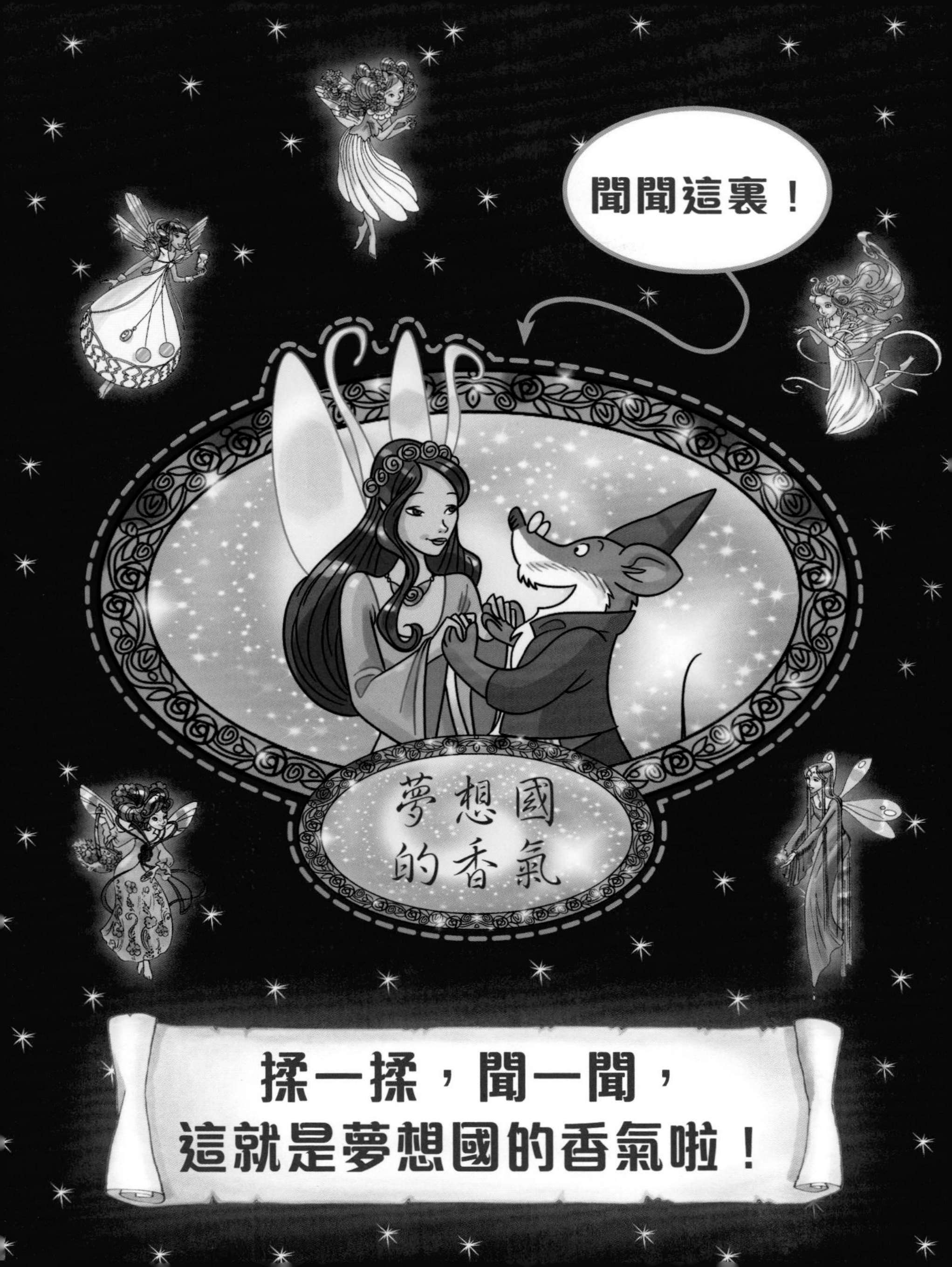
聞聞這裏！
夢想國
的香氣
揉一揉，聞一聞，
這就是夢想國的香氣啦！

兩位皇后的……雙龍決鬥！

我幫助芙勒迪娜從水晶棺裏出來。我們一起沿着梯子攀爬到頂，再穿過**鏡子**的另一面，抵達了禮儀大廳。

勇士歸來軍的全部伙伴們屈膝向皇后問好：「歡迎我們美麗、純真、**受大家愛戴的**皇后陛下歸來！」

可大家的歡呼聲被一陣狂怒的嘶吼聲打斷了。那吼聲來自於妮勒迪娜，她剛剛返回水晶宮。

我用魔法決鬥向你挑戰。
誰在決鬥中獲勝，
誰就成為夢想國的統治者！

我接受你的挑戰！

魔法
決鬥！

黑色巨龍妮雷莎

身體顏色：漆黑

眼睛顏色：紅色

氣味：煙灰的嗆味

嗓音：嘶啞

背上的鞍：由紅色絲綢製成，上面綴滿了紅寶石

能力：她能夠噴出帶有臭氣的火球，她的吼聲讓聽者膽顫心驚，她的動作好像閃電般詭異。她十分精通空中特技，曾經在灰暗山上的女巫龍飛行學院接受過特訓。她出身於古老的恐龍世家。

　　她的目光可以催眠獵物，隨後用噴出的火球將獵物燒成灰燼。

明露莎，發光巨龍

身體顏色：潔白
眼睛顏色：蔚藍
氣味：糖果的甜味
嗓音：甜蜜
背上的鞍：鍍金上面綴滿寶石
能力：她能夠噴出帶有香味的火球，她的歌唱讓聽者陶醉，她的動作好像光速般迅疾。她十分精通空中特技，曾經在光明山上的仙女龍飛行學院接受過特訓。她出身於古老的銀龍世家。

　　她的心跳頻率與仙女國的長翅家族同速，也就是和芙勒迪娜心心相印。

妮勒迪娜率先展開攻擊！

　　她發出**狂暴的吼聲**，剎那間從她的魔術棒中飛出一道紫色閃電！

　　芙勒迪娜靈巧地轉身躲過閃電。她揮舞着魔術棒，一道藍色閃電向妮勒迪娜劈去！

　　與此同時，妮勒迪娜投出一團團可怕的

火球！

勝利者是我！

最強者獲勝！

　　芙勒迪娜用一張透明強大的**光盾**，抵擋對手的進攻！

　　夢想國所有的**蝴蝶**紛紛圍着她飛舞，保護她不受傷害。

　　妮勒迪娜立即召集了夢想國所有的**蝙蝠**加強進攻！

姊妹間的決鬥變得越發激烈
正義一方與邪惡一方，
使出她們所有的招數，
一決高下……

女皇的仙法……

和女巫的巫術！

妮勒迪娜飛快地向上爬高爬高爬高，等她飛到芙勒迪娜上方時，直直向她劈出一道閃電！

但芙勒迪娜靈巧地避開了。當妮勒迪娜落到她下方時，芙勒迪娜用魔術棒撒出一張月光之網，那網如白銀般皎潔堅韌，剎那間罩住了妮勒迪娜。她在網中掙扎，發出絕望的叫聲：「哇啊啊啊啊啊啊啊啊！」

臭鼬的怪味

妮勒迪娜不斷地下落，她**黑色的**衣服宛如枯葉般在空中打轉。

在她即將撞向地面的瞬間，一道黑色**魔影**從烏雲後飛出來。

那黑影正是女巫國皇后斯蒂亞，她正騎在一個**臭氣熏天**的飛天怪物上，張牙舞爪而來。

斯蒂亞俯身向妮勒迪娜衝去。

那怪物趕在妮勒迪娜墜落到地面前，一把抓住了她。

隨後他以飛快的速度向遠方逃竄。

地面上觀戰的民眾驚叫起來：

「哦哦哦哦哦哦哦哦哦喲喲喲喲喲喲喲喲喲！」

那頭長着**蝙蝠**翅膀和野豬面孔的飛天怪物究竟是什麼？

我慌忙翻閱《夢想國旅行指南》，這才發現原來他是夢想國臭名昭著的怪獸——臭鼬怪！

那怪物一邊逃走一邊噴出巨大的火球：噗噗噗噗噗噗噗噗！

然後，他開始響亮地打嗝：嗝嗝嗝嗝嗝嗝嗝！

他身後放出一連串氣味難聞的臭氣彈：哧哧哧哧哧哧哧！

夢想國的子民們無不厭惡地掩住鼻子……那怪物的**臭氣彈**威力如此強大，以至於地面上的花兒都枯萎了！

臭鼬怪

噗噗噗噗！

　　他是女巫國皇后斯蒂亞的飛天坐騎。

　　他身材又肥又圓，嘴巴中散發出可怕的氣味。他身上長滿豪豬的刺，長着蝙蝠的翅膀和野豬般的面孔。他鋒利的牙齒甚至可以嚼碎鋼鐵，然而他的腸胃功能卻很差。他經常打嗝，並釋放臭氣彈！

　　無論他飛到何處，身邊總會被一羣蒼蠅包圍。他的講話方式也很奇怪，無論他說什麼，總會在前面加一個「臭」字！

> 毛皮的顏色：污泥的顏色
> 眼睛的顏色：污泥的顏色
> 氣味：污泥的氣味
> 說話聲：彷彿爛泥塘下雨時咕嘟冒泡的聲音
> 習慣：他喜歡在污泥裏洗澡。他用沼澤泥漿來刷牙，並用污泥塗在身上當香水！

　　斯蒂亞在空中的身影逐漸遠去，她最後向芙勒迪娜發出惡狠狠的**威脅**：

　　「我們會捲土重來，我和妮勒迪娜！到那時候，誰也休想**逃出**我們的羅網！」

　　但風兒吹走了她的威脅，也驅散了臭鼬怪的**氣味**，天空又重歸清澈祥和。

臭臭──我們會回來，
　臭臭──明白嗎？
臭臭──那只是個──
　臭臭──時間問題！

兩位皇后的雙龍決鬥，
終於塵埃落定。
我們敬愛的芙勒迪娜，
取得了勝利！

歡呼的子民們潮水般湧向芙勒迪娜，只有彩虹巨龍在我身旁發出夢囈般的 **讚歎**：「哇，那龍女明露莎真可愛……」

他低聲對我說：「說實話告訴你吧，老弟，我 **暗戀** 她已有好長時間了……」

我關心地詢問好友：「可……你可曾向她表白？」

彩虹巨龍的臉憋成了 **紫色**。「哦，沒沒沒，我是個靦腆的小伙子，而……」

我決心為他倆牽線搭橋。

我靠近明露莎，清清嗓子介紹道：「呃，親愛的明露莎，請允許我向你介紹一位好友——**彩虹**

巨龍！」

她的臉騰起一片緋紅：「哦哦哦，先生，我對你久仰大名！」

彩虹巨龍趕忙親吻她的纖爪：「哦，可愛的女神，你的動作總是那麼**優雅高貴**，你從哪兒學會了向後三空翻這麼高難度的動作？簡直看得我眼花繚亂！」

他們兩個開始熱絡地交流起來，談論着空中特技和**噴火**的技巧，隨後肩並肩地離開去說悄悄話了。我立刻明白，龍族的愛情在他們心中……萌動啦！

龍族 的 愛情

芙勒迪娜的話

　　芙勒迪娜來到水晶宮的陽台上，對大家懇切地說：「我親愛的子民們，光明戰勝了黑暗，和平終於重新降臨到水晶宮！」

　　她舉起魔法杖，指向漆黑一片的水晶宮……

　　被黑暗籠罩的城堡立刻變回了璀璨明亮的宮殿！

　　芙勒迪娜接下去說：「我親愛的子民們，**妮勒迪娜**——我的孿生妹妹，試圖統治夢想國。

騎士和
芙勒迪娜

「她和我一樣，屬於仙人族的後裔。可是，哎，她的**心靈**卻如冬日的寒夜一般冰冷。你們現在明白了嗎，我親愛的子民們？

「正是她，將黑仙女和黑暗塔騎士引入了水晶宮……而不是我！

「正是她，羞辱了正直無畏的騎士……而不是我！

「正是她，向夢想國的居民關閉了水晶宮的大門……而不是我！

這些行為，都出自我的孿生妹妹——妮勒迪娜！

「現在，我要告訴你們仙人族內發生的事……

仙人族的故事

很久以前，夢想國的統治者是仙人族
——他們是心靈純淨的族羣。
仙人族的壽命可以長達百萬年，
他們的面容永葆青春。
他們守護着夢想國最神奇的秘密，守
護着夢想國的每道門户，允許那些心
地純潔者進入並在各處暢遊
這個王國。

仙人族中的
芙勒迪娜和妮勒迪娜

有一天，水晶宮內誕生了
一對孿生姐妹──
芙勒迪娜和妮勒迪娜。

作為新生兒，她們各自收
到一塊仙人族的銀徽章，
上面刻有自己的名字。

**骷髏圖案的
蝴蝶**

女巫斯蒂亞暗中派來毒蝴蝶，
叮了妮勒迪娜一口。蝴蝶的毒
素蔓延到她的血液和心靈，使
她的性格逐漸扭曲。

我要變成一位女巫！

教我一些巫術吧！

沒問題！

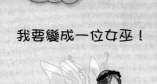

妮勒迪娜變得越發邪惡。一天，她偷偷溜出水晶宮，前往女巫國，從此拜斯蒂亞為師，向她學習各類巫術！嗚嗚嗚，她逐漸成了這個領域的專家。在她成年後的一天，她返回了水晶宮，令孿生姐姐昏迷，隨後佔領了芙勒迪娜的寶座……背後的關鍵，就在於她倆一模一樣的容貌！

假芙勒迪娜——
其實是妮勒迪娜！

仙人族的王子萬歲！

　　芙勒迪娜告訴大家：「我**親愛的**子民們，這次多虧了正直無畏的騎士，他又一次拯救了夢想國！現在，騎士，請接受我作為回報的一項**崇高**的榮譽。」

　　她將魔法杖指向我，口中唸唸有詞：

高尚的心靈，
當配崇高的榮譽！
從此你將成為，
尊貴而古老家族的王子！

一道**光束**將我環繞，我依稀聽到芙勒迪娜的聲音：「如今，你將擁有一個全新的名字⋯⋯

勇氣之星，
仙人族的王子！」

隨後，芙勒迪娜把我引領到一面鏡子前，我驚訝地發現：自己周身籠罩着和仙人族一樣的光環！我的背上生出一對透明的翅膀，和芙勒迪娜的翅膀一樣輕柔！我的身上出現了一條藍色披風，而我的頭上赫然現出一頂**水晶**王冠！我看上去如同一位真正的**王子**！

無畏劍

這把神奇的寶劍由仙人族的水晶煉成，它在黑暗中依然閃亮！它銀色的劍柄上刻着三朵玫瑰，它的劍刃鋒利無比，它的名字意味着「無所畏懼的勇士」。

　　芙勒迪娜遞給我一把寶劍：「這把劍被稱為無畏劍，你正配得上它！」

　　我們一起返回陽台，我向皇后致意：「謝謝你賜給我的榮譽，而我希望和勇士歸來軍的伙伴們一起分享！」

　　芙勒迪娜微笑着說：「我明白，勇氣之星！事實上，我已準備好將榮譽賜給每一位勇士！」

　　她出現在陽台上，朝大家揮手：「勇士歸來軍的朋友們，請一起接受我對你們誠摯幫助的回報！」

多麼崇高的榮譽！

我親愛的王子，這些就是對各位勇士的回報！

送給賴哦哦，
一件帥氣的紅色外套！

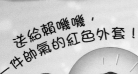

送給螢火蟲族，
一個名貴的百寶箱！

送給斯皮丁，
一顆閃亮的大鑽石！

送給藍龍，一套
璀璨氣派的騎士鎧甲！

送給寄居蟹和
居家蟹，一個空間
寬大的貝殼！

送給矮人族，一大桶
上好的藍梅汁！

芙勒迪娜送上的禮物

典型的龍族婚禮

　　我想感謝所有在我困難時刻挺身而出的朋友們。我一個接一個地呼喚他們的名字，而芙勒迪娜則交給每個朋友準備好的禮物。

　　多麼溫馨的一幕啊！和平與快樂終於重新回到夢想國。

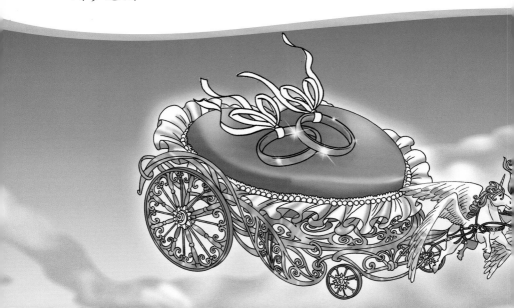

　　就在此時，**彩虹巨龍**與**明露莎**向我們翩翩飛來，他們激動地宣布：「騎士，我們是説，勇氣之星王子殿下，我們決定邁入**婚姻**的殿堂！」

　　我真為他們感到高興！

　　一輛由七匹皮毛如雪、鑲着金蹄子的**獨角馬**駕駛的馬車從空中出現了。馬車上放着一個藍色天鵝絨織成的軟枕，上面放着兩枚專門為龍族的巨大手爪訂做的**結婚戒指**！

龍族的婚戒

　　我多想飛上藍天，加入這歡樂的隊伍中啊！身邊的**鳳凰**彷彿猜出了我的心願，邀請我騎在她背上，共同翱翔。她說：「王子殿下，你的願望就是我們的願望！我們現在將會繞魔力城飛翔，這樣所有的臣民都可以一睹勇士歸來軍和**殿下**你的英姿！」

　　芙勒迪娜吩咐鳳凰：「切記一定要按時返回水晶宮，來參加**婚禮**哦！」

　　我坐在鳳凰宛如絲綢般**柔軟**的羽毛上，感到十分愉悅。她的羽毛如夕陽的晚霞般燦爛，如東方的

來自彩虹巨龍和
閃閃發光的龍姑娘——明露莎
我們誠摯地邀請各位參加我們今晚在
水晶宮禮儀大廳舉行的婚禮！

沉香般。

　　鳳凰載着我飛上藍天，地面上的民眾紛紛朝我歡呼揮手。我們飛啊飛啊，在雲間穿梭，我感覺自己成了真正的**王子**！

　　鳳凰一邊飛翔，一邊在我耳邊低聲說着她的秘密：「在這次歷險中，我一共掉了**七根羽毛**……你知道

請你翻閱整本書，你能發現鳳凰的七根羽毛藏在哪兒嗎？

答案請看第590頁。

它們藏在哪裏嗎？」

　　我們在空中暢遊後，鳳凰載着我飛回了水晶宮，加入到朋友們的慶典中。

　　我正快步穿過水晶宮的拱廊，一聲聒噪的大舌音叫住了我：「騎士士士！我是說，王子殿下！」

　　這聲音對我來說太熟悉了：它正來自我的老友——**賴嘰嘰**。

　　他對我說：「原諒我突然打擾你，不過……呃……既然你現在已經不再需要它，能否將《**夢想國旅行指南**》還給我？」

　　我尷尬極了，趕忙向賴嘰嘰道歉，並向他解釋有關巨龍葛蘭特噴出**火球**，不小心烤焦了《夢想國旅行指南》的最後幾頁……

　　我安慰說他：「我的朋友，我相信你一定能寫出更好的故事！我猜你現在就有許多**靈感**！」

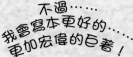

我的靈感源源不斷！

我可憐的書啊！
哇呀呀，都燒焦了！

　　賴嘰嘰樂開了懷：「事實上，我的靈感源源不斷，宛如長河大川流淌不息。我正要告訴你我下一部宏篇巨著的構思……」

　　正當賴嘰嘰在我耳邊口沫橫飛地描繪他的蛤蟆體巨著時，龍族盛大的結婚典禮開始了！

　　典禮上的一切都顯得十分巨大，尤其是

 結婚蛋糕！

具有仙術的戒指

　　當大家一起載歌載舞地歡慶時，芙勒迪娜將我拉到一旁：「現在，你該回家了，騎士。不過這次的歸程和以往不同，我為你準備了一個驚喜！」

　　她從一個藍色絲綢裹着的水晶匣中，掏出一枚銀戒指，上面鑲着閃閃發亮的藍寶石。

　　她將戒指套在我的手爪上：「既然你已成為仙人族的一員，王子，我將這枚刻有仙人族徽的戒指贈給你！這枚神奇的戒指將為你開啟夢想國的大門，助你離開這裏……同樣，它的神奇法力也可以幫助你隨時來到我們身邊！不過，你可要仔細保管它，因為一旦它落入壞人的手中，後果不堪設想。」

仙人戒

這枚具有仙術的戒指由純銀製成，上面鑲着刻有玫瑰形仙人族徽的藍寶石。只有仙人族的成員才能將它套進手指！這枚戒指是進入夢想國的鑰匙。無論誰戴上它，都會具有強大的法力⋯⋯

我將戒指套進手爪：「謝謝你，陛下。」

我禁不住好奇地追問：「我該如何使用它？」

皇后耐心地解釋：「很簡單，只需要擦擦戒指，對它唸出以下**咒語**：

仙人戒，快快快，
夢想國門為我開！」

芙勒迪娜問我：「那麼，騎士，你準備好出發了嗎？」

我依依不捨地說：「是的，陛下。在夢想國的經歷是如此美妙，可我無時無刻不在思念自己的**家鼠**、**朋友**和我那可愛的**家**⋯⋯」

她向我微笑，「好吧，輪到你指揮這戒指了⋯⋯它會助你一臂之力！」

我擦了擦戒指，輕聲唸道：「仙人戒，快快快⋯⋯**夢想國門**為我開！」

我的面前立刻出現了一個巨大的蔚藍色旋渦，將我吸了進去……

我依稀聽到遠方傳來芙勒迪娜的道別：「再見，騎士，後會有期！」

蔚藍色的旋渦不斷轉啊轉啊，逐漸變成了七色彩虹。

我就這樣逐漸穿越夢想國的大門。

我終於要回家啦！

我終於要回家啦！

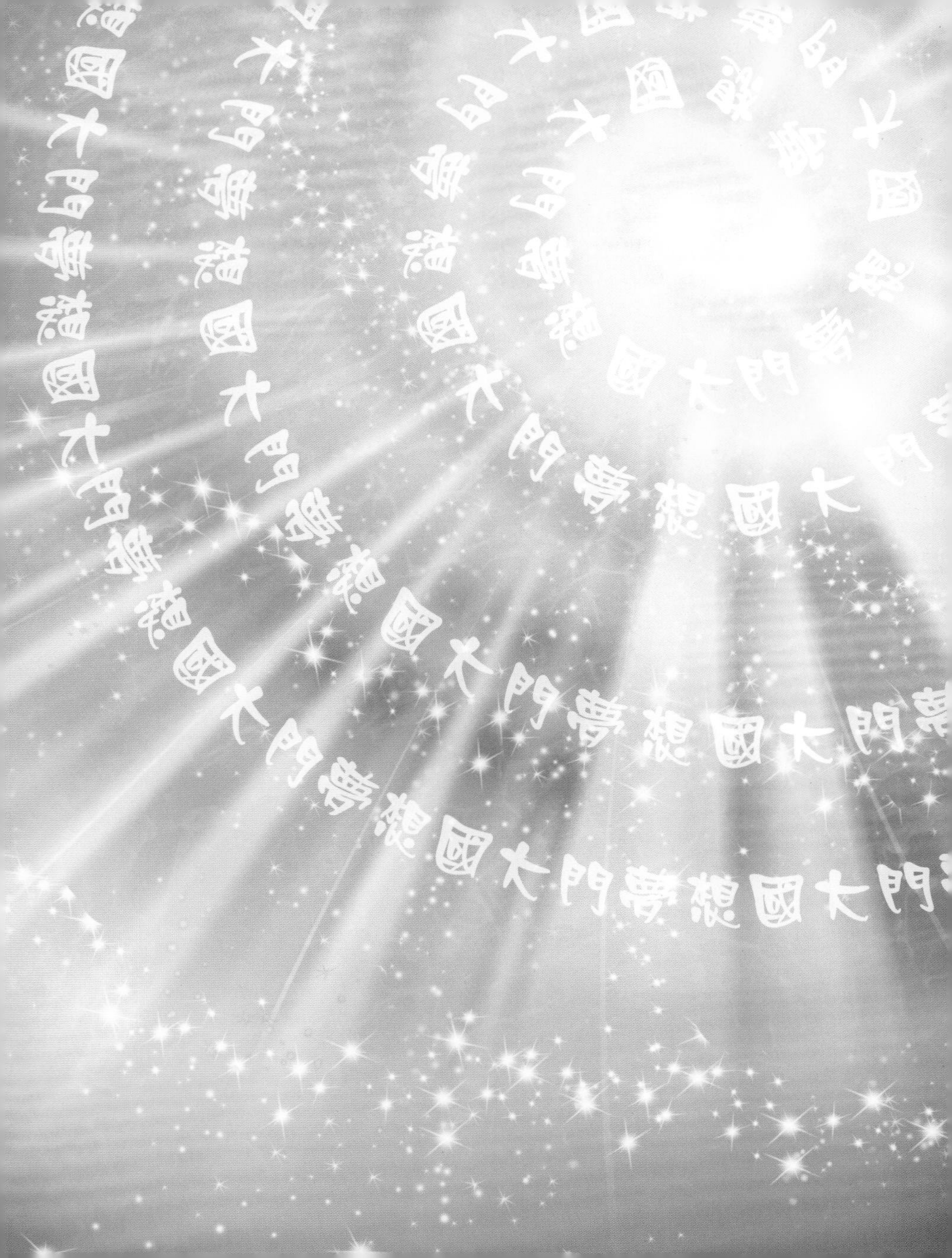
夢想國大門

夢幻……還是現實？

　　突然，我發現自己置身於家中，正是我在老鼠島妙鼠城的家！

　　我躺在壁爐旁的扶手椅中。壁爐裏的**火苗奄奄一息**，發出微弱的噼啪聲。

我疲倦地伸伸懶腰：「**以一千塊莫澤雷勒乳酪的名義**！咕吱，究竟發生了什麼？」

然後，我開始回憶：「唔……鳳凰……鳳凰羽毛……芙勒迪娜……還有妮勒迪娜……」

我夢囈般地喃喃自語：「哦，在**夢想國**的經歷是多麼美妙！這次我的身分不僅是騎士，我甚至成為了仙人族的一員——勇氣之星王子！」

我直起身，就在這時，我才發現，在扶手椅旁的茶几上，居然放着一枚銀戒指，上面鑲着刻有**玫瑰**形仙徽的**閃亮**藍寶石！

我的眼睛睜得滾圓，大叫道：「吱吱，簡直不可思議！」我激動地將戒指套進手爪，欣賞它發出的璀璨藍色光芒。

　　如今我已十分確信，這枚戒指正是芙勒迪娜臨別時贈給我的……

　　舉世無雙、神秘莫測、法力無邊的……

仙人族戒指！

　　芙勒迪娜的話語重新回到我的腦海……有了這枚戒指，我就成為了真正的仙人族成員！從此就可以自由穿梭夢想國的大門，回到這片讓我魂牽夢繞的土地！

　　我只需要套上戒指，輕輕擦一擦……宛如魔術一般，夢想國的大門就會為我打開！

這就是夢想國的大門！

我正陶醉地欣賞着那枚戒指，電話突然響聲大作。

 鈴鈴鈴鈴 鈴鈴鈴鈴鈴鈴鈴！

我跑過去拿起話筒，裏面傳來熟悉的大嗓門：

「我說孫子，你那本**傳奇中的傳奇**構思好了嗎？你到底動筆了沒有？」

我自信地笑起來：「沒錯，爺爺。我現在有了靈感，應該說是**超級有趣的靈感**，講述我在夢想國的一次超級旅行。這一定可以成為你所要求的——傳奇中的傳奇！」

爺爺大聲嚷嚷：「好樣的，孫子！那你還等什麼呢？快點動筆吧！」

隨後，他「啪」地掛掉了電話。

我在壁爐中添了些木柴，火勢重新燃燒起來。

我出神地凝視着紅紅的**火苗**，它讓我聯想起鳳凰燦爛的羽毛。

哦，如果我能擁有一支羽毛**筆**來書寫傳奇，那該多美啊！

可我不僅沒有羽毛筆，連隨身攜帶的筆記本和鋼筆也在夢想國旅行中遺失了……天知道它們掉在了哪裏？

> 請仔細翻閱這本書，你能發現謝利連摩的筆記本和鋼筆掉在哪裏嗎？

為了寫這本書，我打開了**電腦**。旅行的記憶尚在我腦海中栩栩如生，我真希望將所有的這一切都記錄下來，甚至連一處小小的細節都不放過。只有這樣，讀者們才能和我一起展開夢想，暢遊這片**神奇的**土地——夢想國！

我寫啊寫啊寫啊，直到我完成了本書的最後一章。

　　我取下戒指，將它輕輕放入外套的胸袋裏，貼在我的 上。這樣，我和芙勒迪娜友誼的見證就會永世長存！而我將時刻準備着重新出發，幫助我**心中仰慕的皇后殿下**。

582

因此，親愛的讀者們，我不會和你們

道別⋯⋯

而只是

再會！

我們將再次相會於另一個傳奇故事中，那時你們會知道，我將在何時、何地、為何及如何穿過神奇的夢想國大門，與我心中的皇后重逢！

最後，請你們收下來自小老鼠老友——

謝利連摩・史提頓

的鼠抱，以及散發着乳酪氣息的告別之吻！

P.S：一定要記住，他發自內心地祝願你們幸福！

故事終

夢想語詞典

答案

P84-85
21隻蝙蝠

P90-91
8個漂流瓶

P117

P124-125

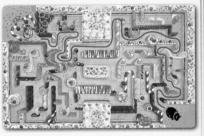

P162-163

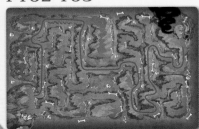

P190-191
猩猩的道具服飾藏在右下角的櫃子後面。

答案

P214-215

P226-227

P230-231

14雙眼睛

P278-279

P297

17根雞骨頭

P280-281

12隻蝸牛

答案

P302-303
12位小仙子

P326-327

P328-329
48條魚

P370-371

P375
我想老死！

P376-377
20個矮人。

P379
你可以看到不同的形狀。
明處是一個花瓶，暗處則
是兩張臉。

P378
龍有四隻爪子，儘管看
上去很多！

答案

P404-405

P444-445

P476-477

P512-513

答案

P581

火鳳凰的七根羽毛藏在以下頁面。

P86

P133

P152

P304

P321

P414

P508

P575

謝利連摩的筆記本和鋼筆掉在第73頁。

奇鼠歷險記

大長篇 1 勇士回歸
GRANDE RITORNO NEL REGNO DELLA FANTASIA

作者：Geronimo Stilton　謝利連摩·史提頓
譯者：林曉容
責任編輯：胡頌茵
中文版封面設計：李成宇
中文版內文設計：羅益珠　劉蔚
封面繪圖：Silvia Fusetti, Gabriele Sina and Silvia Bigolin.
插圖繪畫：Danilo Barozzi, Silvia Bigolin, Federico Brusco, Carla De Bernardi, Silvia Fusetti,
　　　　　Carolina Livio, Anna Merli, Alessandro Muscillo , Archivio Piemme,
　　　　　Riccardo Stisti and Christian Aliprandi.
內文設計：Marta Lorini, Chiara Cebraro,with Paolo Zadra and Yuko Egusa.
出　　版：新雅文化事業有限公司
　　　　　香港英皇道499號北角工業大廈18樓
　　　　　電話：(852) 2138 7998
　　　　　傳真：(852) 2597 4003
　　　　　網址：http://www.sunya.com.hk
　　　　　電郵：marketing@sunya.com.hk
發　　行：香港聯合書刊物流有限公司
　　　　　香港新界大埔汀麗路36號中華商務印刷大廈3字樓
　　　　　電話：(852) 2150 2100　傳真：(852) 2407 3062
　　　　　電郵：info@suplogistics.com.hk
印　　刷：C & C Offset Printing Co., Ltd.
　　　　　香港新界大埔汀麗路36號
版　　次：二〇一六年七月初版
　　　　　二〇一九年二月第五次印刷

奇鼠歷險記

① 漫遊夢想國

② 追尋幸福之旅

③ 尋找失蹤的皇后

④ 龍族的騎士

⑤ 仙女歌雅不見了

⑥ 深海水晶騎士

⑦ 追尋夢想國珍寶

⑧ 女巫的時間魔咒

⑨ 水晶宮的魔法寶物

⑩ 勇戰飛天海盜

⑪ 光明守護者傳說

勇士回歸（大長篇1）

失落的魔戒（大長篇2）